鲸 歌 袖 珍 文 库

浮生六记（外三部）

F U S H E N G L I U J I

沈复等 著

鲸歌

四川人民出版社

图书在版编目（CIP）数据

浮生六记/（清）沈复等著. —成都：四川人民出版社，2017.12
ISBN 978-7-220-10450-3

Ⅰ. ①浮… Ⅱ. ①沈… Ⅲ. ①古典散文-散文集-中国-清代 Ⅳ. ①I264.9

中国版本图书馆 CIP 数据核字（2017）第 259089 号

FUSHENGLIUJI
浮 生 六 记（外三部）
（清）沈复 等著

策划组稿	张春晓
责任编辑	唐 婧
责任校对	袁晓红
装帧设计	张 妮
责任印制	祝 健
出版发行	四川人民出版社（成都槐树街 2 号）
网 址	http://www.scpph.com
E-mail	scrmcbs@sina.com
新浪微博	@四川人民出版社
微信公众号	四川人民出版社
发行部业务电话	（028）86259624 86259453
防盗版举报电话	（028）86259624
照 排	四川胜翔数码印务设计有限公司
印 刷	成都东江印务有限公司
成品尺寸	130mm×185mm
印 张	5.75
字 数	90 千
版 次	2018 年 1 月第 1 版
印 次	2018 年 1 月第 1 次印刷
书 号	ISBN 978-7-220-10450-3
定 价	28.00 元

目录

影梅庵忆语

影梅庵忆语

卷一

爱生于昵，昵则无所不饰。缘饰著爱，天下鲜有真可爱者矣。矧内屋深屏，贮光阒彩，止凭雕心镂质之文人描摹想象，麻姑幻谱，神女浪传。近好事家复假篆声诗，侈谈奇合，遂使西施、夷光、文君、洪度，人人阁中有之，此亦闺秀之奇冤，而啖名之恶习已。

亡妾董氏，原名白，字小宛，复字青莲。籍秦淮，徙吴门。在风尘虽有艳名，非其本色。倾盖矢从余，入吾门，智慧才识，种种始露。凡九年，上下内外大小，无忤无间。其佐余著书肥遁，佐余妇精女红，亲操井臼，以及蒙难遘疾，莫不履险如夷，茹苦若饴，合为一人。今忽死，余不知姬死而余死也，但见余妇茕茕粥粥，视左右手罔措也，上下内外大小之人，咸悲酸痛楚，以为不可复得也。传其慧心隐行，闻者叹者，莫不谓文人义士难与争俦也。

余业为《哀辞》数千言哭之，格于声韵不尽悉，复约略纪其概。每冥痛沉思姬之一生，与偕姬九年光景，一齐涌心塞眼，虽有吞鸟梦花之心手，莫能追述。区区泪笔，枯涩黯削，不能自传其爱，何有于饰？矧姬之事余，始终本末，不缘狎昵。余年已四十，须眉如戟。十五年前，眉公先生谓余视锦半臂碧纱笼，一笑瞠若，岂至今复效轻薄子漫谱情艳，以欺地下？傥信余之深者，因余以知姬之果异，赐之鸿文丽藻，余得藉手报姬，姬死无恨，余生无恨。

己卯初夏，应试白门，晤密之，云："秦淮佳丽，近有双成，年甚绮，才色为一时之冠。"余访之，则以厌薄纷华，挈家去金阊矣。嗣下第，浪游吴门，屡访之半塘，时逗留洞庭不返。名与姬颉颃者，有沙九畹、杨漪炤。予日游两生间，独咫尺不见姬。将归棹，重往冀一见。姬母秀且贤，劳余曰："君数来矣，予女幸在舍，薄醉未醒。"然稍停，复他出，从兔径扶姬于曲栏，与余晤。面晕浅春，缬眼流视，香姿玉色，神韵天然，懒慢不交一语。余惊爱之，惜其倦，遂别归，此良晤之始也。时姬年十六。

庚辰夏，留滞影园，欲过访姬。客从吴门来，知姬去西子湖，兼往游黄山白岳，遂不果行。辛巳早春，余省觐去衡岳，由浙路往，过半塘讯姬，则仍滞黄山。许忠节公赴粤任，与余联舟行。偶一日，赴饮归，谓余曰："此中有陈姬某，擅梨园之胜，不可不见。"余佐忠节治舟数往返，始得之。其人淡而韵，盈盈冉冉，衣椒茧时，背顾湘裙，真如孤鸾之在烟雾。是日演弋腔《红梅》，以燕俗之剧，咿呀啁哳之调，乃出之陈姬身口，如云出岫，如珠在盘，令人欲仙欲死。漏下四鼓，风雨忽作，必欲驾小舟去。余牵衣订再晤，答云："光福梅花如冷云万顷，子越旦偕我游否？则有半月淹也。"余迫省觐，告以不敢迟留故，复云："南岳归棹，当迟子于虎疁丛桂间。盖计其期，八月返也。"余别去，恰以观涛日奉母回。至西湖，因家君调已破之襄阳，心绪如焚，便讯陈姬，则已为窦、霍豪家掠去，闻之惨然。及抵阊门，水涩舟胶，去浒关十五里，皆充斥不可行。偶晤一友，语次有“佳人难再得”之叹。友云：“子误矣！前以势劫去者，赝某也。某之匿处，去此甚迩，与子偕往。”至果得见，又如芳兰之在幽谷也。相视而笑曰：“子至矣，子非雨夜舟中订芳约者耶？曩感子殷勤，以凌遽不获订再晤。今几入虎口，得脱，重晤子，真天幸也。我居甚僻，复长斋，茗碗炉香，留子倾倒于明月桂影之下，且有所商。”余以老母在舟，缘江楚多梗，率健儿百余护行，皆住河干，矍矍欲返。甫黄昏而炮械震耳，击炮声如在余舟旁，亟星驰回，则中贵争持河道，与我兵斗，解之始去。自此余不复登岸。越旦．则姬淡妆至，求谒吾母太恭人，见后仍坚订过其家。乃是晚，舟仍中梗，乘月一往，相见，卒然曰：“余此身脱樊笼，欲择人事之。终身可托者，无出君右。适见太恭人，如覆春云，如饮甘露，真得所天。子毋辞。”余笑曰：“天下无此易易事。且严亲在兵火，我归，当弃妻子以殉。两过子，皆路梗中无聊闲步耳。子言突至，余甚讶。即果尔，亦塞耳坚谢，无徒误子。”复宛转云：“君倘不终弃，誓待君堂上昼锦旋。”余答曰：“若尔，当与子约。”惊喜申嘱，语絮絮不悉记，即席作八绝句付之。

归历秋冬，奔驰万状，至壬午仲春，都门政府言路诸公，恤劳人之劳，怜独子之苦，驰量移之耗，先报余。时正在毗陵，闻音如石去心，因便过吴门慰陈姬。盖残冬屡趣余，皆未及答。至则十日前复为窦霍门下客以势逼去。先，吴门有昵之者，集千人哗劫之。势家复为大言挟诈，又不惜数千金为贿。地方恐贻伊戚，劫出复纳入。余至，怅惘无极，然以急严亲患难，负一女子无憾也。是晚壹郁，因与友觅舟去虎疁夜游。明日，遣人之襄阳，便解维归里。

舟过一桥，见小楼立水边。偶询游人："此何处，何人之居?"友以双成馆对。余三年积念，不禁狂喜，即停舟相访。友阻云："彼前亦为势家所惊，危病十有八日，母死，鐍户不见客。"余强之上，叩门至再三，始启户，灯火阒如。宛转登楼，则药饵满几榻。姬沉吟询何来，余告以昔年曲栏醉晤人。姬忆，泪下曰："曩君屡过余，虽仅一见，余母恒背称君奇秀，为余惜不共君盘桓。今三年矣，余母新死，见君忆母，言犹在耳。今从何处来?"便强起，揭帷帐审视余，且移灯留坐榻上。谭有顷，余怜姬病，愿辞去。牵留之曰："我十有八日寝食俱废，沉沉若梦，惊魂不安。今一见君，便觉神怡气王。”旋命其家具酒食，饮榻前。姬辄进酒，屡别屡留，不使去。余告之曰：“明朝遣人去襄阳，告家君量移喜耗。若宿卿处，诘旦不能报平安。俟发使行，宁少停半刻也。”姬曰：“子诚殊异，不敢留。”遂别。

越旦，楚使行，余亟欲还，友人及仆从咸云：“姬昨仅一倾盖，拳切不可负。”仍往言别，至则姬已妆成，凭楼凝睇，见余舟傍岸，便疾趋登舟。余具述即欲行，姬曰：“我装已成，随路相送。”余却不得却，阻不忍阻。由浒关至梁溪毗陵、阳羡、澄江，抵北固，越二十七日，凡二十七辞，姬惟坚以身从。登金山，誓江流曰：“妾此身如江水东下，断不复返吴门！”余变色拒绝，告以期迫科试，年来以大人滞危疆，家事委弃，老母定省俱违，今始归，经理一切。且姬吴门责逋甚众，金陵落籍，亦费商量，仍归吴门，俟季夏应试，相约同赴金陵。秋试毕。第与否，始暇及此，此时缠绵，两妨无益。姬仍踌躇不肯行，时五木在几，一友戏云：“卿果终如愿，当一掷得巧。”姬肃拜于船窗，祝毕，一掷得“全六”，时同舟称异。余谓果属天成，仓卒不臧，反偾乃事，不如暂去，徐图之。不得已，始掩面痛哭，失声而别。余虽怜姬，然得轻身归，如释重负。

才抵海陵，旋就试，至六月抵家。荆人对余云："姬令其父先已过江来云：姬返吴门，茹素不出，惟翘首听金陵偕行之约。闻言心异，以十金遣其父去曰：'我已怜其意而许之，但令静俟毕场事后，无不可耳。'"余感荆人相成相许之雅，遂不践走使迎姬之约，竟赴金陵，俟场后报姬。金桂月三五之辰，余方出闱，姬猝到桃叶寓馆。盖望余耗不至，孤身挈一妪，买舟自吴门江行。遇盗，舟匿芦苇中，舵损不可行，炊烟遂断三日。初八抵三山门，又恐扰余首场文思，复迟二日始入。姬见余虽甚喜，细述别后百日茹素杜门与江行风波盗贼惊魂状，则声色俱凄，求归逾固。时魏塘、云间、闽、豫诸同社，无不高姬之识，悯姬之诚，咸为赋诗作画以坚之。场事既竣，余妄意必第，自谓此后当料理姬事，以报其志。讵十七日，忽传家君舟抵江干，盖不赴宝庆之调，自楚休致矣。时已二载违养，冒兵火生还，喜出望外，遂不及为姬谋去留，竟从龙潭尾家君舟抵銮江。家君阅余文，谓余必第，复留之銮江候榜。姬从桃叶寓馆仍发舟追余，燕子矶阻风，几复罹不测，重盘桓銮江舟中。七日，乃榜发，余中副车。穷日夜力归里门，而姬痛哭相随，不肯返，且细悉姬吴门诸事，非一手足力所能了。责逋者见其远来，益多奢望，众口狺狺。且严亲甫归，余复下第意阻，万难即诣。舟抵郭外朴巢，遂冷面铁心，与姬决别，仍令姬返吴门，以厌责逋者之意，而后事可为也。

阳月过润州，谒房师郑公，时闽中刘大行自都门来，与陈大将军及同盟刘刺史饮舟中。适奴子自姬处来，云：姬归不脱去时衣，此时尚方空在体，谓余不速往图之，彼甘冻死。刘大行指余曰："辟疆夙称风义，固如是负一女子耶?"余云："黄衫押衙，非君平、仙客所能自为。"刺史举杯奋袂曰："若以千金恣我出入，即于今日往。"陈大将军立贷数百金，大行以参数斤佐之。讵谓刺史至吴门，不善调停，众哗决裂，逸去吴江。余复还里，不及讯。

姬孤身维谷，难以收拾。虞山宗伯闻之，亲至半塘，纳姬舟中。上至荐绅，下及市井，纤悉大小，三日为之区画立尽，索券盈尺。楼船张宴，与姬饯于虎疁，旋买舟送至吾皋。至至月之望，薄暮侍家君饮于拙存堂，忽传姬抵河干。接宗伯书，娓娓洒洒，始悉其状，且即驰书贵门生张祠部立为落籍吴门，后有细琐，则周仪部终之，而南中则李宗宪旧为礼垣者与力焉。越十月，愿始毕，然往返葛藤，则万斛心血所灌注而成也。

壬午清和晦日，姬送余至北固山下，坚欲从渡江归里。余辞之，益哀切，不肯行。舟泊江边，时西先生毕今梁寄余夏西洋布一端，薄如蝉纱，洁比雪艳。以退红为里，为姬制轻衫，不减张丽华桂宫霓裳也。偕登金山，时四五龙舟冲波激荡而上，山中游人数千，尾余两人，指为神仙。绕山而行，凡我两人所止，则龙舟争赴，回环数匝不去。呼询之，则驾舟者皆余去秋浙回官舫长年也。劳以鹅酒，竟日返舟，舟中宣瓷大白盂，盛樱珠数斤，共啖之，不辨其为樱为唇也。江山人物之盛，照映一时，至今谭者侈美。

卷二

秦淮中秋日，四方同社诸友感姬为余不辞盗贼风波之险，间关相从，因置酒桃叶水阁。时在座为眉楼顾夫人，寒秀斋李夫人，皆与姬为至戚，美其属余，咸来相庆。是日新演《燕子笺》，曲尽情艳。至霍华离合处，姬泣下，顾、李亦泣下。一时才子佳人，楼台烟水，新声明月，俱足千古。至今思之，不啻游仙枕上梦幻也。銮江汪汝为园亭极盛，而江上小园，尤收拾江山胜概。壬午鞠月之朔，汝为曾延予及姬于江口梅花亭子上。长江白浪拥象，奔赴杯底，姬轰饮巨叵罗，觞政明肃，一时在座诸妓，皆颓唐溃逸。姬最温谨，是日豪情逸致，则余仅见。

乙酉，余奉母及家眷流寓盐官，春过半塘，则姬之旧寓固宛然在也。姬有妹晓生，同沙九畹登舟过访，见姬为余如意珠，而荆人贤淑，相视复如水乳，群美之，群妒之。同上虎丘，与予指点旧游，重理前事，吴门知姬者咸称其俊识，得所归云。鸳鸯湖上，烟雨楼高。逶迤而东，则竹亭园半在湖内。然环城四面，名园胜寺，夹浅渚层溪而潋滟者，皆湖也。游人一登烟雨楼，遂谓已尽其胜，不知浩瀚幽渺之致，正不在此。与姬曾为竟日游，又共追忆钱塘江下桐君严濑碧浪苍岩之胜，姬更云："新安山水之逸，在人枕灶间，尤足乐也。"

虞山宗伯送姬抵吾皋，时侍家君饮于家园，仓卒不敢告严君。又侍饮至四鼓，不得散。荆人不待余归，先为洁治别室，帏帐、灯火、器具、饮食，无一不顷刻具。酒阑见姬，姬云："始至，正不知何故不见君，但见婢妇簇我登岸，心窃怀疑，且深恫骇。抵斯室，见无所不备。旁询之，始感叹主母之贤，而益快经岁之矢相从不误也。"自此姬扃别室，却管弦，洗铅华，精学女红，恒月余不启户。耽寂享恬，谓骤出万顷火云，得憩清凉界，回视五载风尘，如梦如狱。居数月，于女红无所不妍巧，锦绣工鲜。刺巾裾，如虮无痕，日可六幅。翦彩织字、缕金回文，各厌其技，针神针绝，前无古人已。姬在别室四月，荆人携之归。入门，吾母太恭人与荆人见而爱异之，加以殊眷。幼姑长姊，尤珍重相亲，谓其德性举止，均非常人。而姬之侍左右，服劳承旨，较婢妇有加无已。烹茗剥果，必手进；开眉解意，爬背喻痒。当大寒暑，折胶铄金时，必拱立座隅，强之坐饮食，旋坐旋饮食，旋起执役，拱立如初。余每课两儿文，不称意，加夏楚，姬必督之改削成章，庄书以进，至夜不懈。越九年，与荆人无一言枘凿。至于视众御下，慈让不遑，咸感其惠。余出入应酬之费与荆人日用金错泉布，皆出姬手。姬不私铢两，不爱积蓄，不制一宝粟钗钿。死能弥留，元旦次日，必欲求见老母，始瞑目，而一身之外，金珠红紫尽却之，不以殉，洵称异人。

余数年来，欲裒集四唐诗，购全集、类逸事、集众评，列人与年为次第，每集细加评选，广搜遗失，成一代大观。初、盛稍有次第，中、晚有名无集、有集不全，并名、集俱未见者甚夥，《品汇》，六百家大略耳，即《纪事本末》，千余家名姓稍存，而诗不具。《全唐诗话》更觉寥寥。芝隅先生序《十二唐人》，称豫章大家，藏中晚未刻集七百余种。孟津王师向余言：买灵宝许氏《全唐诗》数车满载，即曩流寓盐官胡孝辕职方批阅唐人诗，剞劂工费，需数千金。僻地无书可借，近复裹足牖下，不能出游购之，以此经营搜索，殊费工力。然每得一帙，必细加丹黄。他书有涉此集者，皆录首简，付姬收贮。至编年论人，准之《唐书》。姬终日佐余稽查抄写，细心商订，永日终夜，相对忘言。阅诗无所不解，而又出慧解以解之。尤好熟读《楚辞》、少陵、义山、王建、花蕊夫人、王珪三家宫词，等身之书，周回座右，午夜衾枕间，犹拥数十家《唐书》而卧。今秘阁尘封，余不忍启，将来此志，谁克与终？付之一叹而已。

犹忆前岁。余读《东汉》，至陈仲举、范、郭诸传，为之抚几，姬一一求解其始末，发不平之色，而妙出持平之议，堪作一则史论。乙酉，客盐官，尝向诸友借书读之，凡有奇僻，命姬手抄。姬于事涉闺阁者，则另录一帙。归来与姬遍搜诸书。续成之，名曰《奁艳》。其书之瑰异精秘，凡古人女子，自顶至踵，以及服食器具，亭台歌舞，针神才藻，下及禽鱼鸟兽，即草木之无情者，稍涉有情，皆归香丽。今细字红笺，类分条析，俱在奁中。客春顾夫人远向姬借阅此书，与龚奉常极赞其妙，促绣梓之。余即当忍痛为之校雠鸠工，以终姬志。

姬初入吾家，见董文敏为余书《月赋》，仿钟繇笔意者，酷爱临摹，嗣遍觅钟太傅诸帖学之。阅《戎辂表》，称关帝君为贼将，遂废钟学《曹娥碑》，日写数千字，不讹不落。余凡有选摘，立抄成帙，或史或诗，或遗事妙句，皆以姬为绀珠。又尝代余书小楷扇，存戚友处，而荆人米盐琐细，以及内外出入，无不各登手记，毫发无遗。其细心专力，即吾辈好学人鲜及也。

姬于吴门曾学画未成，能作小丛寒树，笔墨楚楚，时于几砚上辄自图写，故于古今绘事，别有殊好。偶得长卷小轴与笥中旧珍，时时展玩不置。流离时宁委奁具，而以书画捆载自随。末后尽裁装潢，独存纸绢，犹不得免焉，则书画之厄，而姬之嗜好，真且至矣。

卷三

姬能饮，自入吾门，见余量不胜蕉叶，遂罢饮，每晚侍荆人数杯而已。而嗜茶与余同性。又同嗜界片。每岁半塘顾子兼择最精者缄寄，具有片甲蝉翼之异。文火细烟，小鼎长泉，必手自吹涤。余每诵左思《娇女诗》“吹嘘对鼎鬲”之句，姬为解颐。至“沸乳看蟹目鱼鳞，传瓷选月魂云魄”，尤为精绝。每花前月下，静试对尝，碧沉香泛，真如木兰沾露，瑶草临波，备极卢陆之致。东坡云：“分无玉碗捧蛾眉。”余一生清福，九年占尽，九年折尽矣！

姬每与余静坐香阁，细品名香。宫香诸品淫，沉水香俗。俗人以沉香著火上，烟扑油腻，顷刻而灭。无论香之性情未出，即著怀袖，皆带焦腥。沉香坚致而纹横者，谓之“横隔沉”，即四种沉香内革沉横纹者是也，其香特妙。又有沉水结而未成，如小笠大菌，名“蓬莱香”，余多蓄之。每慢火隔砂，使不见烟，则阁中皆如风过伽楠、露沃蔷薇、热磨琥珀、酒倾犀斝之味，久蒸衾枕间，和以肌香，甜艳非常，梦魂俱适。外此则有真西洋香方，得之内府，迥非肆料。丙戌客海陵，曾与姬手制百丸，诚闺中异品，然爇时亦以不见烟为佳。非姬细心秀致，不能领略到此。黄熟出诸番，而真腊为上。皮坚者为黄熟桶，气佳而通；黑者为隔笈黄熟。近南粤东莞茶园村土人种黄熟，如江南之艺茶，树矮枝繁，其香在根。自吴门解人剔根切白，而香之松朽尽削，油尖铁面尽出。余与姬客半塘时，知金平叔最精于此，重价数购之，块者净润，长曲者如枝如虬，皆就其根之有结处随纹缕出，黄云紫绣，半杂鹧鸪斑，可拭可玩。寒夜小室，玉帏四垂。毾㲪重叠，烧二尺许绛蜡二三枝，陈设参差，堂几错列，大小数宣炉，宿火常热，色如液金粟玉。细拨活灰一寸，灰上隔砂选香蒸之，历半夜，一香凝然，不焦不竭，郁勃氤氲，纯是糖结。热香间有梅英半舒，荷鹅梨蜜脾之气，静参鼻观。忆年来共恋此味此境，恒打晓钟尚未著枕，与姬细想闺怨，有斜倚薰篮，拨尽寒炉之苦，我两人如在蕊珠众香深处。今人与香气俱散矣，安得返魂一粒，起于幽房扃室中也。一种生黄香，亦从枯肿朽痈中取其脂凝脉结、嫩而未成者。余尝过三吴白下，遍收筐箱中，盖面大块，与粤客自携者，甚有大根株尘封如土，皆留意觅得，携归，与姬为晨夕清课，督婢子手自剥落，或斤许仅得数钱，盈掌者仅削一片，嵌空镂剔，纤悉不遗，无论焚蒸，即嗅之，味如芳兰，盛之小盘，层撞中色殊香别，可弄可餐。曩曾以一二示粤友黎美周，讶为何物，何从得如此精妙？即《蔚宗传》中恐未见耳。又东莞以女儿香为绝品，盖土人拣香，皆用少女。女子先藏最佳大块，暗易油粉，好事者复从油粉担中易出。余曾得数块于汪友处，姬最珍之。

余家及园亭，凡有隙地，皆值梅。春来早夜出入，皆烂漫香雪中。姬于含蕊时，先相枝之横斜与几上军持相受，或隔岁便芟翦得宜，至花放恰采入供。即四时草花竹叶，无不经营绝慧，领略殊清，使冷韵幽香，恒霏微于曲房斗室。至秾艳肥红，则非其所赏也。秋来犹耽晚菊，即去秋病中，客贻我翦桃红，花繁而厚，叶碧如染，浓条婀娜，枝枝具云罨风斜之态。姬扶病三月，犹半梳洗，见之甚爱，遂留榻右。每晚高烧翠蜡，以白团回六曲，围三面，设小座于花间，位置菊影，极其参横妙丽。始以身入，人在菊中，菊与人俱在影中。回视屏上，顾余曰："菊之意态尽矣，其如人瘦何?"至今思之，澹秀如画。闺中蓄春兰九节及建兰，自春徂秋，皆有三湘七泽之韵。沐浴姬手，尤增芳香。《艺兰十二月歌》，皆以碧笺手录粘壁。去冬姬病，枯萎过半。楼下黄梅一株，每腊万花，可供三月插戴。去冬姬移居香俪园静摄，数百枝不生一蕊，惟听五鬣涛声，增其凄响而已。

姬最爱月，每以身随升沉为去住。夏纳凉小苑，与幼儿诵唐人咏月及流萤纨扇诗。半榻小几，恒屡移以领月之四面。午夜归阁，仍推窗延月于枕簟间。月去复卷幔倚窗而望。语余曰："吾书谢希逸《月赋》，古人厌晨欢，乐宵宴，盖夜之时逸，月之气静，碧海青天，霜缟冰净，较赤日红尘，迥隔仙凡。人生攘攘，至夜不休，或有月未出已齁睡者，桂华露影，无福消受。与子长历四序，娟秀浣洁，领略幽香，仙路禅关，于此静得矣。”李长吉诗云：“月漉漉，波烟玉。”姬每诵此三字，则反覆回环，日月之精神气韵光景，尽于斯矣。人以身入波烟玉世界之下，眼如横波，气如湘烟，体如白玉，人如月矣，月复似人，是一是二，觉贾长江“倚影为三”之语尚赘，至“淫耽”、“无厌”、“化蟾”之句，则得玩月三昧矣。

姬性澹泊，于肥甘一无嗜好。每饭，以岕茶一小壶温淘，佐以水菜、香豉数茎粒，便足一餐。余饮食最少而嗜香甜及海错风薰之味，又不甚自食，每喜与宾客共赏之。姬知余意，竭其美洁，出佐盘盂，种种不可悉记。随手数则，可睹一斑也。酿饴为露，和以盐梅，凡有色香花蕊，皆于初放时采渍之。经年香味，颜色不变，红鲜如摘，而花汁融液露中，入口喷鼻，奇香异艳，非复恒有。最娇者为秋海棠露。海棠无香，此独露凝香发，又俗名断肠草，以为不食，而味美独冠诸花。次则梅英、野蔷薇、玫瑰、丹桂、甘菊之属。至橙黄、橘红、佛手、香橼，去白缕丝，色味更胜。酒后出数十种，五色浮动白瓷中，解醒消渴，金茎仙掌，难与争衡也。取五月桃汁、西瓜汁，一穰一丝漉尽，以文火煎至七八分，始搅糖细炼，桃膏如大红琥珀，瓜膏可比金丝内糖，每酷暑，姬必手取其汁示洁，坐炉边静看火候成膏，不使焦枯，分浓淡为数种，此尤异色异味也。制豉，取色取气先于取味，豆黄九晒九洗为度，颗瓣皆剥去衣膜，种种细料，瓜杏姜桂，以及酿豉之汁，极精洁以和之。豉熟擎出，粒粒可数，而香气酣色殊味，迥与常别。红乳腐烘蒸各五六次，内肉既酥，然后削其肤，益之以味，数日成者，绝胜建宁三年之蓄。他如冬春水盐诸菜，能使黄者如蜡，碧者如苔。蒲藕笋蕨、鲜花野菜、枸蒿、蓉菊之类，无不采入食品，芳旨盈席。火肉久者无油，有松柏之味。风鱼久者如火肉，有麂鹿之味。醉蛤如桃花，醉鲟骨如白玉，油鲳如鲟鱼，虾松如龙须，烘兔酥雉如饼饵，可以笼而食之。菌脯如鸡粽，腐汤如牛乳。细考之食谱，四方郇厨中一种偶异，即加访求，而又以慧巧变化为之，莫不异妙。

甲申三月十九之变，余邑清和望后，始闻的耗。邑之司命者甚懦，豺虎狰狞踞城内，声言焚劫，郡中又有兴平兵四溃之警。同里绅衿大户，一时鸟兽骇散，咸去江南。余家集贤里，世恂让，家君以不出门自固。阅数日，上下三十余家，仅我灶有炊烟耳。老母、荆人惧，暂避郭外，留姬侍余。姬扃内室，经纪衣物、书画、文券，各分精粗，散付诸仆婢，皆手书封识。群横日劫，杀人如草，而邻右人影落落如晨星，势难独立。只得觅小舟，奉两亲，挈家累，欲冲险从南江渡澄江北。一黑夜六十里，抵泛湖洲李宅，江上已盗贼蜂起，先从间道微服送家君从靖江行，夜半，家君向余曰："途行需碎金，无从办。"余向姬索之，姬出一布囊，自分许至钱许，每十两可数百小块，皆小书轻重于其上，以便仓猝随手取用。家君见之，讶且叹，谓姬何暇精细及此！

维时诸费较平日溢十倍尚不肯行，又迟一日，以百金雇十舟，百余金募二百人护舟。甫行数里，潮落舟胶，不得上。遥望江口，大盗数百人踞六舟为犄角，守隘以俟，幸潮落，不能下逼我舟。朱宅遣有力人负浪踏水驰报曰：

“后岸盗截归路，不可返，护舟二百人中且多盗党。”时十舟哄动，仆从呼号垂涕。余笑指江上众人曰：“余三世百口咸在舟。自先祖及余祖孙父子，六七十年来居官居里，从无负心负人之事，若今日尽死盗手，葬鱼腹，是上无苍苍，下无茫茫矣！潮忽早落，彼此舟停不相值，便是天相。尔辈无恐，即舟中敌国，不能为我害也。”

先夜拾行李登舟时，思大江连海，老母幼子，从未履此奇险，万一阻石尤，欲随路登岸，何从觅舆辆？三鼓时以二十金付沈姓人，求雇二舆一车、夫六人。沈与众咸诧异笑之，谓：“明早一帆，未午便登彼岸，何故黑夜多此难寻无益之费？”倩榜人募舆夫，观者绝倒。余必欲此二者，登舟始行，至斯时虽神气自若，然进退维谷，无从飞脱，因询出江未远果有别口登岸通泛湖洲者？舟子曰：“横去半里有小路六七里，竟通彼。”余急命鼓楫至岸，所募舆车三事，恰受俯仰七人。馀行李婢妇，尽弃舟中。顷刻抵朱宅，众始叹余之夜半必欲水陆兼备之为奇中也。大盗知余中遁，又朱宅联络数百人为余护发行李人口，盗虽散去，而未厌其志，恃江上法网不到，且值无法之时，明集数百人，遣人谕余：以千金相致，否则竟围朱宅，四面举火。余复笑答曰："盗愚甚，尔不能截我于中流，乃欲从平陆数百家中火攻之，安可得哉?"然泛湖洲人，名虽相卫，亦多不轨。余倾囊召阖庄人付之，令其夜设牲酒，齐心于庄外备不虞。数百人饮酒分金，咸去他所，余即于是夜一手扶老母，一手曳荆人，两儿又小，季甫生旬日，同其母付一信仆偕行，从庄后竹园深箐中蹒跚出，维时更无能手援姬。余回顾姬曰："汝速蹴步，则尾余后，迟不及矣!"姬一人颠连趋蹶，仆行里许，始仍得昨所雇舆辆，星驰至五鼓，达城下，盗与朱宅之不轨者未知余全家已去其地也。然身脱而行囊大半散矣，姬之珍爱尽失焉。姬返舍谓余：当大难时，首急老母，次急荆人、儿子、幼弟为是。彼即颠连不及，死深箐中无憾也。午节返吾庐，衽金革与城内枭獍为伍者十旬，至中秋，始渡江入南都。别姬五阅月，残腊乃回，挈家随家君之督漕任。去江南，嗣寄居盐官。因叹姬明大义、达权变如此，读破万卷者有是哉?

乙酉流寓盐官五月。复值崩陷，余骨肉不过八口．去夏江上之累，缘仆妇杂沓奔赴，动至百口，又以笨重行李四塞舟车，故不能轻身去。且来窥瞯，此番决计置生死于度外，扃户不他之。乃盐官城中，自相残杀甚哄，两亲又不能安，复移郭外大白居。余独令姬率婢妇守寓，不发一人一物出城，以贻身累。即侍两亲，挈妻子流离，亦以孑身往。乃事不如意，家人行李纷沓，违命而出。大兵迫槜李，剃发之令初下．人心益皇皇。家君复先去惹山，内外莫知所措，余因与姬决："此番溃散，不似家园，尚有左右之者，而孤身累重，与其临难舍子，不若先为之地。我有年友，信义多才，以子托之，此后如复相见，当结平生欢，否则听子自裁，毋以我为念。"姬曰："君言善。举室皆倚君为命，复命不自君出，君堂上膝下，有百倍重于我者。乃以我牵君之臆，非徒无益，而又害之。我随君友去，苟可自全，誓当匍匐以俟君回；脱有不测，前与君纵观大海，狂澜万顷，是吾葬身处也！"方命之行，而两亲以余独割姬为憾，复携之去。自此百日，皆展转深林僻路，茅屋渔艇。或一月徙，或一日徙，或一日数徙，饥寒风雨，苦不具述，卒于马鞍山遇大兵，杀掠奇惨，天幸得一小舟，八口飞渡，骨肉得全，而姬之惊悸瘁瘏，至矣尽矣！

卷四

秦溪蒙难之后，仅以俯仰八口免。维时仆婢杀掠者几二十口，生平所蓄玩物及衣贝，靡孑遗矣。乱稍定，匍匐入城，告急于诸友，即襆被不办。夜假荫于方坦庵年伯。方亦窜迹初回，仅得一毡，与三兄共裹卧耳房。时当残秋，窗风四射。翌日，各乞斗米束薪于诸家，始暂迎二亲及家累返旧寓，余则感寒，痢疟沓作矣。横白板扉为榻，去地尺许，积数破絮为卫，炉煨桑节，药缺攻补。且乱阻吴门，又传闻家难剧起，自重九后溃乱沉迷，迄冬至前僵死，一夜复苏，始得间关破舟，从骨林肉莽中冒险渡江。犹不敢竟归家园，暂栖海陵。阅冬春百五十日，病方稍痊。此百五十日，姬仅卷一破席，横陈榻边，寒则拥抱，热则披拂，痛则抚摩。或枕其身，或卫其足，或欠伸起伏，为之左右翼，凡病骨之所适，皆以身就之。鹿鹿永夜，无形无声，皆存视听。汤药手口交进，下至粪秽，皆接以目鼻，细察色味，以为忧喜。日食粗粝一餐，与吁天稽首外，惟跪立我前，温慰曲说，以求我之破颜。余病失常性，时发暴怒，诟谇三至，色不少忤，越五月如一日。每见姬星靥如蜡，弱骨如柴，吾母太恭人及荆妻怜之感之，愿代假一息。姬曰："竭我心力，以殉夫子。夫子生而余死犹生也；脱夫子不测，余留此身于兵燹间，将安寄托？"更忆病剧时，长夜不寐，莽风飘瓦，盐官城中，日杀数十百人。夜半鬼声啾啸，来我破窗前，如蛩如箭。举室饥寒之人，皆辛苦齁睡，余背贴姬心而坐，姬以手固握余手，倾耳静听，凄激荒惨，欷歔流涕。姬谓余曰："我入君门整四岁，早夜见君所为，慷慨多风义，毫发几微，不邻薄恶。凡君受过之处，惟余知之亮之，敬君之心，实逾于爱君之身，鬼神赞叹畏避之身也。冥漠有知，定加默祐。但人生身当此境，奇惨异险，动静备历，苟非金石，鲜不销亡。异日幸生还，当与君敝屣万有，逍遥物外，慎毋忘此际此语！"噫吁嘻！余何以报姬于此生哉？姬断断非人世凡女子也！

丁亥，谗口铄金，太行千盘，横起人面，余胸坟五岳，长夏郁蟠，惟早夜焚二纸告关帝君。久抱奇疾，血下数斗，肠胃中积如石之块以千计。骤寒骤热，片时数千语，皆首尾无端，或数昼夜不知醒。医者妄投以补，病益笃，勺水不入口者二十余日。此番莫不谓其必死，余心则炯炯然，盖余之病不从境入也。姬当大火铄金时，不挥汗，不驱蚊，昼夜坐药炉傍，密伺余于枕边足畔六十昼夜。凡我意之所及与意之所未及，咸先后之。己丑秋，疽发于背，复如是百日。余五年危疾者三，而所逢者皆死疾，惟余以不死待之，微姬力，恐未必能坚以不死也。今姬先我死，而永诀时惟虑以伊死增余病，又虑余病无伊以相侍也。姬之生死为余缠绵如此，痛哉，痛哉！

余每岁元旦，必以一岁事卜一签于关帝君前。壬午名心甚剧，祷看签首第一字，得“忆”字，盖“忆昔兰房分半钗，如今忽把音信乖。痴心指望成连理，到底谁知事不谐”。余时占玩不解，即占全词，亦非功名语。比遇姬，清和晦日，金山别去，姬茹素归，虔卜于虎疁关帝君前，愿以终身事余，正得此签。秋过秦淮，述以相告，恐有不谐之叹，余闻而讶之，谓与元旦签合。时友人在坐，曰：“我当为尔二人合卜于西华门。”则仍此签也。姬愈疑惧，且虑余见此签中懈，忧形于面，乃后卒满其愿。“兰房”、“半钗”、“痴心”、“连理”，皆天然闺阁中语，“到底”、“不谐”，则今日验矣。嗟呼！余有生之年，皆长相忆之年也。“忆”字之奇，呈验若此。

姬之衣饰，尽失于患难，归来澹足，不置一物。戊子七夕，看天上流霞，忽欲以黄跳脱摹之，命余书“乞巧”二字，无以属对，姬云：“曩于黄山巨室，见覆祥云真宣炉，款式佳绝，请以‘覆祥’对‘乞巧’。“镌摹颇妙。越一岁，钏忽中断，复为之，恰七月也，余易书“比翼”、“连理”。姬临终时，自顶至踵，不用一金珠纨绮，独留跳脱不去手，以余勒书故。长生私语，乃太真死后，凭洪都客述寄明皇者，当日何以率书，竟令《长恨》再谱也。

姬书法秀媚，学钟太傅稍瘦，后又学《曹娥》。余每有丹黄，必对泓颖，或静夜焚香，细细手录。闺中诗史成帙，皆遗迹也。小有吟咏，多不自存。客岁新春二日，即为余抄写全唐五七言绝句上下二卷，是日偶读七岁女子“所嗟人异雁，不作一行归”之句，为之凄然下泪。至夜和成八绝，哀声怨响，不堪卒读。余挑灯一见，大为不怿，即夺之焚去，遂失其稿，伤哉，异哉！今岁恰以是日长逝也。

客春三月，欲重去盐官，访患难相恤诸友。至邗上，为同社所淹。时余正四十，诸名流咸为赋诗，龚奉常独谱姬始末，成数千言，《帝京篇》、《连昌宫》不足比拟。奉常云："子不自注，则余苦心不见。如'桃花瘦尽春醒面'七字，绾合已卯醉晤、壬午病晤两番光景，谁则知者?"余时应之，未即下笔。他如园次之"自昔文人称孝子，果然名士悦倾城"，于皇之"大妇同行小妇尾"，孝威之"人在树间殊有意，妇来花下却能文"，心甫之"珊瑚架笔香印屧，著富名山金屋尊"，仙期之"锦瑟蛾眉随分老，芙蓉园上万花红"，仲谋之"君今四十能高举，羡尔鸿妻佐春杵"，吾邑徂徕先生"韬藏经济一巢朴，游戏莺花两阁和"，元旦之"蛾眉问难佐书帏"，皆为余庆得姬. 讵谓我侑卮之辞，乃姬誓墓之状耶？读余此杂述，当知诸公之诗之妙，而去春不注奉常诗，盖至迟之今日，当以血泪和隃麋也。

三月之杪，余复移寓友沂友云轩。久客卧雨，怀家正剧。晚霁，龚奉常偕于皇、园次过慰留饮，听小奚管弦度曲。时余归思更切，因限韵各作诗四首。不知何故，诗中咸有商音。三鼓别去，余甫著枕，便梦还家，举室皆见，独不见姬。急询荆人，不答，复遍觅之，但见荆人背余下泪。余梦中大呼曰："岂死耶?"一恸而醒。姬每春必抱病，余深疑虑。旋归，则姬固无恙，因间述此相告。姬曰："甚异。前亦于是夜梦数人强余去，匿之幸脱，其人尚狺狺不休也。"讵知梦真而诗谶咸来先告哉!

浮生六记

卷一　闺房记乐

余生乾隆癸未冬十一月二十有二日，正值太平盛世，且在衣冠之家，居苏州沧浪亭畔，天之厚我，可谓至矣。东坡云："事如春梦了无痕"，苟不记之笔墨，未免有辜彼苍之厚。因思《关雎》冠三百篇之首，故列夫妇于首卷，余以次递及焉。所愧少年失学，稍识之无，不过记其实情实事而已。若必考订其文法，是责明于垢鉴矣。

余幼聘金沙于氏，八龄而夭；娶陈氏。陈名芸，字淑珍，舅氏心余先生女也。生而颖慧，学语时，口授《琵琶行》，即能成诵。四龄失怙。母金氏，弟克昌，家徒壁立。芸既长，娴女红，三口仰其十指供给，克昌从师，脩脯无缺。一日，于书簏中得《琵琶行》，挨字而认，始识字。刺绣之暇，渐通吟咏，有"秋侵人影瘦，霜染菊花肥"之句。

余年十三，随母归宁，两小无嫌，得见所作。虽叹其才思隽秀，窃恐其福泽不深，然心注不能释，告母曰："若为儿择妇，非淑姊不娶。"母亦爱其柔和，即脱金约指缔姻焉；此乾隆乙未七月十六日也。是年冬，值其堂姊出阁，余又随母往。芸与余同齿而长余十月，自幼姊弟相呼，故仍呼之曰淑姊。时但见满室鲜衣，芸独通体素淡，仅新其鞋而已。见其绣制精巧，询为己作，始知其慧心不仅在笔墨也。其形削肩长项，瘦不露骨，眉弯目秀，顾盼神飞，唯两齿微露，似非佳相。一种缠绵之态，令人之意也消。索观诗稿，有仅一联，或三四句，多未成篇者。询其故，笑曰："无师之作，愿得知己堪师者敲成之耳。"余戏题其签曰"锦囊佳句"，不知夭寿之机此已伏矣。是夜送亲城外，返已漏三下，腹饥索饵，婢妪以枣脯进，余嫌其甜。芸暗牵余袖，随至其室，见藏有暖粥并小菜焉。余欣然举箸，忽闻芸堂兄玉衡呼曰："淑妹速来!"芸急闭门曰："已疲乏，将卧矣。"玉衡挤身而入，见余将吃粥，乃笑睨芸曰："顷我索粥，汝曰'尽矣'，乃藏此专待汝婿耶?"芸大窘避去，上下哗笑之。余亦负气，挈老仆先归。

自吃粥被嘲，再往，芸即避匿，余知其恐贻人笑也。至乾隆庚子正月二十二日花烛之夕，见瘦怯身材依然如昔，头巾既揭，相视嫣然。合卺后，并肩夜膳，余暗于案下握其腕，暖尖滑腻，胸中不觉怦怦作跳。让之食，适逢斋期，已数年矣。暗计吃斋之初，正余出痘之期，因笑谓曰："今我光鲜无恙，姊可从此开戒否？"芸笑之以目，点之以首。廿四日为余姊于归，廿三国忌不能作乐，故廿二之夜即为余姊款嫁，芸出堂陪宴。余在洞房与伴娘对酌，拇战辄北，大醉而卧；醒则芸正晓妆未竟也。是日亲朋络绎，上灯后始作乐。廿四子正，余作新舅送嫁，丑末归来，业已灯残人静。悄然入室，伴妪盹于床下，芸卸妆尚未卧，高烧银烛，低垂粉颈，不知观何书而出神若此。因抚其肩曰："姊连日辛苦，何犹孜孜不倦耶？"芸忙回首起立曰："顷正欲卧，开橱得此书，不觉阅之忘倦。《西厢》之名闻之熟矣，今始得见，真不愧才子之名，但未免形容尖薄耳。"余笑曰："唯其才子，笔墨方能尖薄。"伴妪在旁促卧，令其闭门先去。遂与比肩调笑，恍同密友重逢，戏探其怀，亦怦怦作跳，因俯其耳曰："姊何心春乃尔耶？"芸回眸微笑，便觉一缕情丝摇人魂魄。拥之入帐，不知东方之既白。

芸作新妇，初甚缄默，终日无怒容，与之言，微笑而已。事上以敬，处下以和，井井然未尝稍失。每见朝暾上窗，即披衣急起，如有人呼促者然。余笑曰："今非吃粥比矣，何尚畏人嘲耶?"芸曰："曩之藏粥待君，传为话柄。今非畏嘲，恐堂上道新娘懒惰耳。"余虽恋其卧而德其正，因亦随之早起。自此耳鬓相磨，亲同形影，爱恋之情有不可以言语形容者。而欢娱易过．转睫弥月。时吾父稼夫公在会稽幕府，专役相迓，受业于武林赵省斋先生门下。先生循循善诱，余今日之尚能握管，先生力也。归来完姻时，原订随侍到馆；闻信之馀，心甚怅然，恐芸之对人堕泪，而芸反强颜劝勉，代整行装，是晚但觉神色稍异而已。临行，向余小语："无人调护，自去经心!"及登舟解缆，正当桃李争妍之候，而余则恍同林鸟失群，天地异色。到馆后，吾父即渡江东去。居三月，如十年之隔。芸虽时有书来，必两问一答，半多勉励词，余皆浮套语，心殊怏怏。每当风生竹院，月上蕉窗，对景怀人，梦魂颠倒。先生知其情，即致书吾父，出十题而遣余暂归，喜同戍人得赦。

登舟后，反觉一刻如年。及抵家，吾母处问安毕，入房，芸起相迎，握手未通片语，而两人魂魄恍恍然化烟成雾，觉耳中惺然一响，不知更有此身矣。时当六月，内室炎蒸，幸居沧浪亭爱莲居西间壁，板桥内一轩临流，名曰“我取”，取“清斯濯缨，浊斯濯足”意也。檐前老树一株，浓阴覆窗，人面俱绿，隔岸游人往来不绝，此吾父稼夫公垂帘宴客处也。禀命吾母，携芸消夏于此，因暑罢绣，终日伴余课书论古、品月评花而已。芸不善饮，强之可三杯，教以射覆为令。自以为人间之乐，无过于此矣。

一日，芸问曰：“各种古文，宗何为是?”余曰：“《国策》、《南华》取其灵快，匡衡、刘向取其雅健，史迁、班固取其博大，昌黎取其浑，柳州取其峭，庐陵取其宕，三苏取其辩。他若贾、董策对，庾、徐骈体，陆贽奏议，取资者不能尽举，在人之慧心领会耳。”芸曰：“古文全在识高气雄，女子学之恐难入彀。唯诗之一道，妾稍有领悟耳。”余曰：“唐以诗取士，而诗之宗匠必推李、杜。卿爱宗何人?”芸发议曰：“杜诗锤炼精纯，李诗潇洒落拓；与其学杜之森严，不如学李之活泼。”余曰：“工部为诗家之大成，学者多宗之，卿独取李，何也?”芸曰：“格律谨严，词旨老当，诚杜所独擅；但李诗宛如姑射仙子，有一种落花流水之趣，令人可爱。非杜亚于李，不过妾之私心宗杜心浅，爱李心深。”余笑曰：“初不料陈淑珍乃李青莲知己。”芸笑曰：“妾尚有启蒙师白乐天先生，时感于怀未尝稍释。”余曰：“何谓也?”芸曰：“彼非作《琵琶行》者耶?”余笑曰：“异哉！李太白是知己，白乐天是启蒙师，余适字三白，为卿婿，卿与‘白’字何其有缘耶?”芸笑曰：“白字有缘，将来恐白字连篇耳。”（吴音呼别字为白字）。相与大笑。余曰：“卿既知诗，亦当知赋之弃取。”芸曰：“《楚辞》为赋之祖，妾学浅费解。就汉、晋人中调高语炼，似觉相如为最。”余戏曰：“当日文君之从长卿，或不在琴而在此乎?”复相与大笑而罢。

余性爽直，落拓不羁，芸若腐儒，迂拘多礼，偶为披衣整袖，必连声道“得罪!”或递巾授扇，必起身来接。余始厌之，曰：“卿欲以礼缚我耶？语曰：‘礼多必诈。’”芸两颊发赤，曰：“恭而有礼，何反言诈?”余曰：“恭敬在心，不在虚文。”芸曰：“至亲莫如父母，可内敬在心而外肆狂放耶？”余曰：“前言戏之耳。”芸曰：“世间反目多由戏起，后勿冤妾令人郁死！”余乃挽之入怀，抚慰之，始解颜为笑。自此“岂敢”“得罪”竟成语助词矣。鸿案相庄廿有三年，年愈久而情愈密。家庭之内，或暗室相逢，窄途邂逅，必握手问曰：“何处去？”私心忒忒，如恐旁人见之者。实则同行并坐，初犹避人，久则不以为意。芸或与人坐谈，见余至，必起立偏挪其身，余就而并焉。彼此皆不觉其所以然者，始以为惭，继成不期然而然。独怪老年夫妇相视如仇者，不知何意？或曰：“非如是，焉得白头偕老哉！”斯言诚然欤？

是年七夕，芸设香烛瓜果，同拜天孙于我取轩中。余镌“愿生生世世为夫妇”图章二方；余执朱文，芸执白文，以为往来书信之用。是夜月色颇佳，俯视河中，波光如练，轻罗小扇，并坐水窗，仰见飞云过天，变态万状。芸曰：“宇宙之大，同此一月，不知今日世间，亦有如我两人之情兴否？”余曰：“纳凉玩月，到处有之。若品论云霞，或求之幽闺绣闼，慧心默证者固亦不少；若夫妇同观，所品论者恐不在此云霞耳。”未几烛烬月沉，撤果归卧。

七月望，俗谓之鬼节。芸备小酌拟邀月畅饮，夜忽阴云如晦。芸愀然曰："妾能与君白头偕老，月轮当出。"余亦索然。但见隔岸萤光明灭万点，梳织于柳堤蓼渚间。余与芸联句以遣闷怀，而两韵之后，逾联逾纵，想入非夷，随口乱道。芸已漱涎涕泪，笑倒余怀，不能成声矣。觉其鬓边茉莉浓香扑鼻，因拍其背，以他词解之曰："想古人以茉莉形色如珠，故供助妆压鬓，不知此花必沾油头粉面之气，其香更可爱。所供佛手，当退三舍矣。"芸乃止笑曰："佛手乃香中君子，只在有意无意间；茉莉是香中小人，故须借人之势，其香也如胁肩谄笑。"余曰："卿何远君子而近小人？"芸曰："我笑君子爱小人耳。"正话间，漏已三滴，渐见风扫云开，一轮涌出，乃大喜。倚窗对酌，酒未三杯，忽闻桥下哄然一声，如有人堕，就窗细瞩，波明如镜，不见一物，惟闻河滩有只鸭急奔声。余知沧浪亭畔素有溺鬼，恐芸胆怯，未敢即言。芸曰："噫！此声也，胡为乎来哉？"不禁毛骨皆栗，急闭窗，携酒归房。一灯如豆，罗帐低垂，弓影杯蛇，惊神未定。剔灯入帐，芸已寒热大作，余亦继之，困顿两旬，真所谓乐极灾生，亦是白头不终之兆。

中秋日，余病初愈，以芸半年新妇，未尝一至间壁之沧浪亭，先令老仆约守者勿放闲人。于将晚时，偕芸及余幼妹，一妪一婢扶焉。老仆前导，过石桥，进门，折东曲径而入，叠石成山，林木葱翠。亭在土山之巅，循级至亭心，周望极目可数里，炊烟四起，晚霞烂然。隔岸名“近山林”，为大宪行台宴集之地，时正谊书院犹未启也。携一毯设亭中，席地环坐，守者烹茶以进。少焉，一轮明月已上林梢，渐觉风生袖底，月到波心，俗虑尘怀，爽然顿释。芸曰：“今日之游乐矣！若驾一叶扁舟，往来亭下，不更快哉！”时已上灯，忆及七月十五夜之惊，相扶下亭而归。吴俗，妇女是晚不拘大家小户皆出，结队而游，名曰“走月亮”。沧浪亭幽雅清旷，反无一人至者。

吾父稼夫公喜认义子，以故余异姓弟兄有二十六人；吾母亦有义女九人。九人中王二姑、俞六姑与芸最和好。王痴憨善饮，俞豪爽善谈。每集，必逐余居外，而得三女同榻：此俞六姑一人计也。余笑曰：“俟妹于归后，我当邀妹丈来，一住必十日。”俞曰：“我亦来此，与嫂同榻，不大妙耶?”芸与王微笑而已。时为吾弟启堂娶妇，迁居饮马桥之仓米巷，屋虽宏畅，非复沧浪亭之幽雅矣。吾母诞辰演剧，芸初以为奇观。吾父素无忌讳，点演《惨别》等剧，老伶刻画，见者情动。余窥帘见芸忽起去，良久不出，入内探之。俞与王亦继至。见芸一人支颐独坐镜奁之侧。余曰：“何不快乃尔?”芸曰：“观剧原以陶情，今日之戏，徒令人肠断耳。”俞与王皆笑之。余曰：“此深于情者也。”俞曰：“嫂将竟日独坐于此耶?”芸曰：“俟有可观者再往耳。”王闻言先出，请吾母点《刺梁》、《后索》等剧，劝芸出观，始称快。

余堂伯父素存公早亡，无后，吾父以余嗣焉。墓在西跨塘福寿山祖茔之侧，每年春日必挈芸拜扫。王二姑闻其地有戈园之胜，请同往。芸见地下小乱石有苔纹，斑驳可观，指示余曰：“以此叠盆山，较宣州白石为古致。”余曰：“若此者恐难多得。”王曰：“嫂果爱此，我为拾之。”即向守坟者借麻袋一，鹤步而拾之。每得一块，余曰“善”，即收之；余曰“否”，即去之。未几，粉汗盈盈，拽袋返曰：“再拾则力不胜矣。”芸且拣且言曰：“我闻山果收获，必借猴力，果然！”王愤撮十指作哈痒状，余横阻之，责芸曰：“人劳汝逸，犹作此语，无怪妹之动愤也。”归途游戈园，稚绿娇红，争妍竞媚。王素憨，逢花必折。芸叱曰：“既无瓶养，又不簪戴，多折何为！”王曰：“不知痛痒者何害？”余笑曰：“将来罚嫁麻面多须郎，为花泄忿。”王怒余以目，掷花于地，以莲钩拨入池中，曰：“何欺侮我之甚也！”芸笑解之而罢。

芸初缄默，喜听余议论，余调其言，如蟋蟀之用纤草，渐能发议。其每日饭必用茶泡，喜用茶泡食芥卤乳腐，吴俗呼为臭乳腐；又喜食虾卤瓜。此二物余生平所最恶者，因戏之曰：“狗无胃而食粪，以其不知臭秽；蜣螂团粪而化蝉，以其欲修高举也。卿其狗耶？蝉耶？”芸曰：“腐取其价廉而可粥可饭，幼时食惯。今至君家已如蜣螂化蝉，犹喜食之者，不忘本也。至卤瓜之味，到此初尝耳。”余曰：“然则我家系狗窦耶？”芸窘而强解曰：“夫粪，人家皆有之，要在食与不食之别耳。然君喜食蒜，妾亦强啖之。腐不敢强，瓜可掩鼻略尝，入咽当知其美；此犹无盐貌丑而德美也。”余笑曰：“卿陷我作狗耶？”芸曰：“妾作狗久矣，屈君试尝之。”以箸强塞余口，余掩鼻咀嚼之，似觉脆美，开鼻再嚼，竟成异味。从此亦喜食。芸以麻油加白糖少许拌卤腐，亦鲜美。以卤瓜捣烂拌卤腐，名之曰双鲜酱，有异味。余曰：“始恶而终好之，理之不可解也。”芸曰：“情之所钟，虽丑不嫌。”

余启堂弟妇，王虚舟先生孙女也。催妆时偶缺珠花，芸出其纳采所受者呈吾母，婢妪旁惜之。芸曰：“凡为妇人，已属纯阴，珠乃纯阴之精，用为首饰，阳气全克矣，何贵焉?”而于破书残画，反极珍惜。书之残缺不全者，必搜集分门，汇订成帙，统名之曰“断简残编”；字画之破损者，必觅故纸粘补成幅，有破缺处，倩予全好而卷之，名曰“弃余集赏”。于女红中馈之暇，终日琐琐不惮烦倦。芸于破笥烂卷中，偶获片纸可观者，如得异宝。旧邻冯妪每收乱卷卖之。其癖好与余同，且能察眼意，懂眉语，一举一动，示之以色，无不头头是道。余尝曰：“惜卿雌而伏，苟能化女为男，相与访名山，搜胜迹，遨游天下，不亦快哉!”芸曰：“此何难。俟妾鬓斑之后，虽不能远游五岳，而近地之虎阜、灵岩，南至西湖，北至平山，尽可偕游。”

余曰："恐卿鬓斑之日步履已艰。"芸曰："今世不能，期以来世。"余曰："来世卿当作男，我为女子相从。"芸曰："必得不昧今生，方觉有情趣。"余笑曰："幼时一粥犹谈不了；若来世不昧今生，合卺之夕，细谈隔世，更无合眼时矣。"芸曰："世传月下老人专司人间婚姻事，今生夫妇已承牵合，来世姻缘亦须仰借神力，盍绘一像祀之？"时有苕溪戚柳堤名遵，善写人物，倩绘一像，一手挽红丝，一手携杖悬姻缘簿，童颜鹤发，奔驰于非烟非雾中；此戚君得意笔也。友人石琢堂为题赞语于首，悬之内室。每逢朔望，余夫妇必焚香拜祷。后因家庭多故，此画竟失所在，不知落在谁家矣？"他生未卜此生休"，两人痴情，果邀神鉴耶？

迁仓米巷，余颜其卧楼曰"宾香阁"，盖以芸名而取如宾意也。院窄墙高，一无可取。后有厢楼，通藏书处，开窗对陆氏废园，但有荒凉之象。沧浪风景，时切芸怀。有老妪居金母桥之东，埂巷之北。绕屋皆菜圃，编篱为门。门外有池约亩许，花光树影，错杂篱边。其地即元末张士诚王府废基也。屋西数武，瓦砾堆成土山，登其巅可远眺，地旷人稀，颇饶野趣。妪偶言及，芸神往不置，谓余曰：

“自别沧浪，梦魂常绕，今不得已而思其次，其老妪之居乎？”余曰：“连朝秋暑灼人，正思得一清凉地以消长昼。卿若愿往，我先观其家可居，即襆被而往，作一月盘桓何如？”芸曰：“恐堂上不许。”余曰：“我自请之。”越日至其地，屋仅二间，前后隔而为四，纸窗竹榻，颇有幽趣。老妪知余意，欣然出其卧室为赁，四壁糊以白纸，顿觉改观。于是禀知吾母，挈芸居焉。邻仅老夫妇二人，灌园为业，知余夫妇避暑于此，先来通殷勤，并钓池鱼、摘园蔬为馈。偿其价不受，芸作鞋报之，始谢而受。时方七月，绿树阴浓，水面风来，蝉鸣聒耳。邻老又为制鱼竿，与芸垂钓于柳阴深处。日落时登土山观晚霞夕照，随意联吟，有“兽云吞落日，弓月弹流星”之句。少焉，月印池中，虫声四起，设竹榻于篱下。老妪报酒温饭熟，遂就月光对酌，微醺而饭。浴罢，则凉鞋蕉扇，或坐或卧，听邻老谈因果报应事。三鼓归卧，周体清凉，几不知身居城市矣。篱边倩邻老购菊，遍植之。九月花开，又与芸居十日。吾母亦欣然来观，持螯对菊，赏玩竟日。芸喜曰：“他年当与君卜筑于此，买绕屋菜园十亩，课仆妪，植瓜蔬，以供薪水。君画我绣，以为诗酒之需。布衣菜饭，可乐终身，不必作远游计也。”余深然之。今即得有境地，而知己沦亡，可胜浩叹！

离余家半里许，醋库巷有洞庭君祠，俗呼水仙庙，回廊曲折，小有园亭。每逢神诞，众姓各认一落，密悬一式之玻璃灯，中设宝座，旁列瓶几，插花陈设以较胜负。日惟演戏，夜则参差高下插烛于瓶花间，名曰“花照”。花光灯影，宝鼎香浮，若龙宫夜宴。司事者或笙箫歌唱，或煮茗清谈，观者如蚁集，檐下皆设栏为限。余为众友邀去，插花布置，因得躬逢其盛。归家向芸艳称之。芸曰：“惜妾非男子，不能往。”余曰：“冠我冠，衣我衣，亦化女为男之法也。”于是易髻为辫，添扫蛾眉，加余冠，微露两鬓，尚可掩饰，服余衣长一寸又半，于腰间折而缝之，外加马褂。芸曰：“脚下将奈何？”余曰：“坊间有蝴蝶履，小大由之，购亦极易，且早晚可代撒鞋之用，不亦善乎？”芸欣然，及晚餐后，装束既毕，效男子拱手阔步者良久。忽变卦曰：“妾不去矣。为人识出既不便，堂上闻之又不可。”余怂恿曰：“庙中司事者谁不知我；即识出亦不过付之一笑耳。吾母现在九妹丈家，密去密来，焉得知之?”芸揽镜自照，狂笑不已。余强挽之，悄然迳去。遍游庙中，无识出为女子者，或问何人，以表弟对，拱手而已。最后至一处，有少妇幼女坐于所设宝座后，乃杨姓司事者之眷属也。芸忽趋彼通款曲，身一侧，而不觉一按少妇之肩。旁有婢媪怒而起曰：“何物狂生，不法乃尔!”余欲为措词掩饰。芸见势恶，即脱帽翘足示之曰：“我亦女子耳。”相与愕然，转怒为欢。留茶点，唤肩舆送归。

吴江钱师竹病故，吾父信归，命余往吊。芸私谓余曰：“吴江必经太湖，妾欲偕往一宽眼界。”余曰：“正虑独行踽踽，得卿同行固妙，但无可托词耳。”芸曰：“托言归宁。君先登舟，妾当继至。”余曰：“若然，归途当泊舟万年桥下，与卿待月乘凉，以续沧浪韵事。”时六月十八日也。是日早凉，携一仆先至胥江渡口，登舟而待。芸果肩舆至，解维出虎啸桥，渐见风帆沙鸟，水天一色。芸曰：“此即所谓太湖耶？今得见天地之宽，不虚此生矣。想闺中人有终身不能见此者。”闲话未几，风摇岸柳，已抵江城。余登岸拜奠毕，归视舟中洞然，急询舟子。舟子指曰：“不见长桥柳阴下，观鱼鹰捕鱼者乎?”盖芸已与船家女登岸矣。余至其后，芸犹粉汗盈盈，倚女而出神焉。余拍其肩曰：“罗衫汗透矣!”芸回首曰：“恐钱家有人到舟，故暂避之。君何回来之速也?”余笑曰：“欲捕逃耳。”于是相挽登舟，返棹至万年桥下，阳乌犹未落也。舟窗尽落，清风徐来，纨扇罗衫，剖瓜解暑。少焉，霞映桥红，烟笼柳暗，银蟾欲上，渔火满江矣。命仆至船梢与舟子同饮。船家女名素云，与余有杯酒交，人颇不俗。招之与芸同坐。船头不张灯火，待月快酌，射覆为令。素云双目闪闪，听良久，曰：“觞政侬颇娴习，从未闻有斯令，愿受教。”芸即譬其言而开导之，终茫然。余笑曰：“女先生且罢论。我有一言作譬，即了然矣。”芸曰：“君若何譬之?”余曰：“鹤善舞而不能耕，牛善耕而不能舞，物性然也。先生欲反而教之，无乃劳乎?”素云笑捶余肩曰：“汝骂我耶?”芸出令曰：“只许动口，不许动手!违者罚大觥。”素云量豪，满斟一觥，一吸而尽。余曰：“动手但准摸索，不准捶人。”芸笑挽素云置余怀，曰：“请君摸索畅怀。”余笑曰：“卿非解人，摸索在有意无意间耳。拥而狂探，田舍郎之所为也。”时四鬓所簪茉莉，为酒气所蒸，杂以粉汗油香，芳馨透鼻。余戏曰："小人臭味充满船头，令人作恶。"素云不禁握拳连捶曰："谁教汝狂嗅耶?"芸呼曰："违令罚两大觥。"素云曰："彼又以小人骂我，不应捶耶?"芸曰："彼之所谓小人，盖有故也。请干此，当告汝。"素云乃连尽两觥。芸乃告以沧浪旧居乘凉事。素云曰："若然，真错怪矣。当再罚。"又干一觥。芸曰："久闻素娘善歌，可一聆妙音否?"素云即以象箸击小碟而歌。芸欣然畅饮，不觉酩酊，乃乘舆先归。余又与素云茶话片刻，步月而回。时余寄居友人鲁半舫家萧爽楼中。越数日，鲁夫人误有所闻，私告芸曰："前日闻若婿挟两妓饮于万年桥舟中，子知之否?"芸曰："有之，其一即我也。"因以偕游始末详告之。鲁大笑，释然而去。

乾隆甲寅七月，余自粤东归，有同伴携妾回者，曰徐秀峰，余之表妹婿也，艳称新人之美，邀芸往观。芸他日谓秀峰曰："美则美矣，韵犹未也。"秀峰曰："然则若郎纳妾，必美而韵者乎?"芸曰："然。"从此痴心物色，而短于资。时有浙妓温冷香者，寓于吴，有《咏柳絮》四律，沸传吴下，好事者多和之。余友吴江张闲憨素赏冷香，携

《柳絮》诗索和，芸微其人而置之。余技痒而和其韵，中有“触我春愁偏婉转，撩他离绪更缠绵”之句，芸甚击节。

明年乙卯秋八月五日，吾母将挈芸游虎丘。闲憨忽至，曰：“余亦有虎丘之游。今日特邀君作探花使者。”因请吾母先行，期于虎丘半塘相晤。拉余至冷香寓，见冷香已半老；有女名憨园，瓜期未破，亭亭玉立，真“一泓秋水照人寒”者也。款接间，颇知文墨。有妹文园尚雏。余此时初无痴想，且念一杯之叙非寒士所能酬，而既入个中，私心忐忑，强为酬答。因私谓闲憨曰：“余贫士也，子以尤物玩我乎？”闲憨笑曰：“非也。今日有友人邀憨园答我，席主为尊客拉去，我代客转邀客，毋烦他虑也。”余始释然。至半塘，两舟相遇，令憨园过舟叩见吾母。芸、憨相见，欢同旧识，携手登山，备览名胜。芸独爱千顷云高旷，坐赏良久。返至野芳滨，畅饮甚欢，并舟而泊。及解维，芸谓余曰：“子陪张君，留憨陪妾可乎？”余诺之。返棹至都亭桥，始过船分袂，归家已三鼓。芸曰：“今日得见美而韵者矣。顷已约憨园明日过我，当为子图之。”余骇曰：“此非金屋不能贮，穷措大岂敢生此妄想哉？况我两人伉俪正笃，何必外求?”芸笑曰：“我自爱之，子姑待之。”明午憨果至。芸殷勤款接，筵中以猜枚赢吟输饮为令，终席无一罗致语。及憨园归，芸曰：“顷又与密约，十八日来此结为姊妹，子宜备牲牢以待。”笑指臂上翡翠钏曰：“若见此钏属于憨，事必谐矣，顷已吐意，未深结其心也。”余姑听之。十八日大雨，憨竟冒雨至，入室良久，始挽手出，见余有羞色，盖翡翠钏已在憨臂矣。焚香结盟后，拟再续前饮。适憨有石湖之游，即别去。芸欣然告余曰：“丽人已得，君何以谢媒耶?”余询其详。芸竟：“向之秘言，恐憨意另有所属也。顷探之无他，语之曰：‘妹知今日之意否?’憨曰：‘蒙夫人抬举，真蓬蒿倚玉树也。但吾母望我奢，恐难自主耳，愿彼此缓图之。’脱钏上臂时，又语之曰：‘玉取其坚，且有团圞不断之意，妹试笼之以为先兆。’憨曰：‘聚合之权总在夫人也。’即此观之，憨心已得，所难必者冷香耳，当再图之。”余笑曰：“卿将效笠翁之《怜香伴》耶?”芸曰：“然。”自此无日不谈憨园矣。后憨为有力者夺去，不果。芸竟以之死。

卷二　闲情记趣

余忆童稚时，能张目对日，明察秋毫，见藐小微物，必细察其纹理，故时有物外之趣。夏蚊成雷，私拟作群鹤舞空。心之所向，则或千或百，果然鹤也。昂首观之，项为之强。又留蚊于素帐中，徐喷以烟，使其冲烟飞鸣，作青云白鹤观，果如鹤唳云端，怡然称快。于土墙凹凸处，花台小草丛杂处，常蹲其身，使与台齐；定神细视，以丛草为林，以虫蚁为兽，以土砾凸者为丘，凹者为壑，神游其中，怡然自得。一日，见二虫斗草间，观之正浓，忽有庞然大物拔山倒树而来，盖一癞虾蟆也，舌一吐而二虫尽为所吞。余年幼方出神，不觉呀然惊恐。神定，捉虾蟆，鞭数十，驱之别院。年长思之，二虫之斗，盖图奸不从也。古语云“奸近杀”，虫亦然耶？贪此生涯，卵为蚯蚓所哈

（吴俗呼阳曰卵），肿不能便。捉鸭开口哈之，婢妪偶释手，鸭颠其颈作吞噬状，惊而大哭，传为语柄。此皆幼时闲情也。

及长，爱花成癖，喜剪盆树。识张兰坡，始精剪枝养节之法，继悟接花叠石之法。花以兰为最，取其幽香韵致也，而瓣品之稍堪入谱者不可多得。兰坡临终时，赠余荷瓣素心春兰一盆，皆肩平心阔，茎细瓣净，可以入谱者，余珍如拱璧。值余幕游于外，芸能亲为灌溉，花叶颇茂。不二年，一旦忽萎死。起根视之，皆白如玉，且兰芽勃然，初不可解，以为无福消受，浩叹而已。事后始悉有人欲分不允，故用滚汤灌杀也。从此誓不植兰。

次取杜鹃，虽无香而色可久玩，且易剪裁。以芸惜枝怜叶，不忍畅剪，故难成树。其他盆玩皆然。惟每年篱东菊绽，秋兴成癖。喜摘插瓶，不爱盆玩。非盆玩不足观，以家无园圃，不能自植；货于市者，俱丛杂无致，故不取耳。其插花朵，数宜单，不宜双。每瓶取一种，不取二色。瓶口取阔大，不取窄小，阔大者舒展不拘。自五七花至三四十花，必于瓶口中一丛怒起，以不散漫、不挤轧、不靠瓶口为妙，所谓“起把宜紧”也。或亭亭玉立，或飞舞横斜。花取参差，间以花蕊，以免飞钹耍盘之病。叶取不乱，梗取不强。用针宜藏，针长宁断之，毋令针针露梗，所谓“瓶口宜清”也。视桌之大小，一桌三瓶至七瓶而止，多则眉目不分，即同市井之菊屏矣。几之高低，自三四寸至二尺五六寸而止，必须参差高下，互相照应，以气势联络为上。若中高两低，后高前低，成排对列，又犯俗所谓“锦灰堆”矣。或密或疏，或进或出，全在会心者得画意乃可。若盆碗盘洗，用漂青松香榆皮面和油，先熬以稻灰收成胶，以铜片按钉向上，将膏火化粘铜片于盘碗盆洗中。俟冷，将花用铁丝扎把，插于钉上，宜偏斜取势，不可居中，更宜枝疏叶清，不可拥挤。然后加水，用碗沙少许掩铜片，使观者疑丛花生于碗底方妙。若以木本花果插瓶，剪裁之法（不能色色自觅，倩人攀折者每不合意），必先执在手中，横斜以观其势，反侧以取其态。相定之后，剪去杂枝，以疏瘦古怪为佳。再思其梗如何入瓶，或折或曲，插入瓶口，方免背叶侧花之患。若一枝到手，先拘定其梗之直者插瓶中，势必枝乱梗强，花侧叶背，既难取态更无韵致矣。

折梗打曲之法，锯其梗之半而嵌以砖石，则直者曲矣。如患梗倒，敲一二钉以筦之，即枫叶竹枝，乱草荆棘，均堪入选。或绿竹一竿配以枸杞数粒，几茎细草伴以荆棘两枝，苟位置得宜，另有世外之趣。若新栽花木，不妨歪斜取势，听其叶侧，一年后枝叶自能向上。如树树直栽，即难取势矣。至剪裁盆树，先取根露鸡爪者，左右剪成三节，然后起枝。一枝一节，七枝到顶，或九枝到顶。枝忌对节如肩臂，节忌臃肿如鹤膝。须盘旋出枝，不可光留左右，以避赤胸露背之病。又不可前后直出。有名双起三起者，一根而起两三树也。如根无爪形，便成插树，故不取。然一树剪成，至少得三四十年。余生平仅见吾乡万翁名彩章者，一生剪成数树。又在扬州商家见有虞山游客携送黄杨翠柏各一盆，惜乎明珠暗投，余未见其可也。若留枝盘如宝塔、扎枝曲如蚯蚓者，便成匠气矣。

点缀盆中花石，小景可以入画，大景可以入神。一瓯清茗，神能趋入其中，方可供幽斋之玩。种水仙无灵璧石，余尝以炭之有石意者代之。黄芽菜心其白如玉，取大小五七枝，用沙土植长方盆内，以炭代石，黑白分明，颇有意思。以此类推，幽趣无穷，难以枚举。如石菖蒲结子，用冷米汤同嚼喷炭上，置阴湿地，能长细菖蒲；随意移养盆碗中，茸茸可爱。以老莲子磨薄两头，入蛋壳使鸡翼之，俟雏成取出，用久年燕巢泥加天门冬十分之二，捣烂拌匀，植于小器中，灌以河水，晒以朝阳；花发大如酒杯，叶缩如碗口，亭亭可爱。

若夫园亭楼阁，套室回廊，叠石成山，栽花取势，又在大中见小，小中见大，虚中有实，实中有虚，或藏或露，或浅或深，不仅在周回曲折四字，又不在地广石多徒烦工费。或掘地堆土成山，间以块石，杂以花草，篱用梅编，墙以藤引，则无山而成山矣。大中见小者，散漫处植易长之竹，编易茂之梅以屏之。小中见大者，窄院之墙宜凹凸其形，饰以绿色，引以藤蔓，嵌大石，凿字作碑记形。推窗如临石壁，便觉峻峭无穷。虚中有实者，或山穷水尽处，一折而豁然开朗；或轩阁设厨处，一开而可通别院。实中有虚者，开门于不通之院，映以竹石，如有实无也；设矮栏干墙头，如上有月台，而实虚也。贫士屋少人多，当仿吾乡太平船后梢之位置，再加转移其间。台级为床，前后借凑，可作三榻，间以板而裱以纸，则前后上下皆越绝。譬之如行长路，即不觉其窄矣。余夫妇侨寓扬州时，曾仿此法，屋仅两椽，上下卧房，厨灶客座皆越绝，而绰然有馀。芸曾笑曰："位置虽精，终非富贵家气象也。"是诚然欤！

余扫墓山中，检有峦纹可观之石。归与芸商曰："用油灰叠宣州石于白石盆，取色匀也。本山黄石虽古朴，亦用油灰，则黄白相间，凿痕毕露，将奈何?"芸曰："择石之顽劣者，捣末于灰痕处，乘湿糁之，干或色同也。"乃如其言，用宜兴窑长方盆叠起一峰，偏于左而凸于右，背作横方纹，如云林石法，巉岩凹凸，若临江石矶状。虚一角，用河泥种千瓣白萍。石上植茑萝，俗呼云松，经营数日乃成。至深秋，茑萝蔓延满山，如藤萝之悬石壁。花开正红色。白萍亦透水大放。红白相间，神游其中，如登蓬岛。置之檐下与芸品题：此处宜设水阁，此处宜立茅亭，此处宜凿六字曰"落花流水之间"，此可以居，此可以钓，此可以眺；胸中丘壑若将移居者然。一夕，猫奴争食自檐而堕，连盆与架顷刻碎之。余叹曰："即此小经营，尚干造物忌耶?”两人不禁泪落。

静室焚香，闲中雅趣。芸尝以沉速等香，于饭镬蒸透，在垆上设一铜丝架，离火半寸许，徐徐烘之，其香幽韵而无烟。佛手忌醉鼻嗅，嗅则易烂。木瓜忌出汗，汗出，用水洗之。惟香圆无忌。佛手木瓜亦有供法，不能笔宣。每有人将供妥者随手取嗅，随手置之，即不知供法者也。

余闲居，案头瓶花不绝。芸曰：“子之插花能备风晴雨露，可谓精妙入神；而画中有草虫一法，盍仿而效之?”余曰：“虫踯躅不受制，焉能仿效?”芸曰：“有一法，恐作俑罪过耳。”余曰：“试言之。”曰：“虫死色不变。觅螳螂蝉蝶之属，以针刺死，用细丝扣虫项系花草间，整其足，或抱梗，或踏叶，宛然如生，不亦善乎?”余喜，如其法行之，见者无不称绝。求之闺中，今恐未必有此会心者矣。

余与芸寄居锡山华氏，时华夫人以两女从芸识字。乡居院旷，夏日逼人。芸教其家，作活花屏法甚妙。每屏一扇，用木梢二枝约长四五寸，作矮条凳式，虚其中，横四挡，宽一尺许，四角凿圆眼，插竹编方眼。屏约高六七尺，用砂盆种扁豆置屏中，盘延屏上，两人可移动。多编数屏，随意遮拦，恍如绿阴满窗，透风蔽日，纡回曲折，随时可更；故曰活花屏。有此一法，即一切藤本香草随地可用。此真乡居之良法也。

友人鲁半舫名璋，字春山，善写松柏或梅菊，工隶书，兼工铁笔。余寄居其家之萧爽楼，一年有半。楼共五椽，东向，余居其三。晦明风雨，可以远眺。庭中木犀一株，清香撩人。有廊有厢，地极幽静。移居时，有一仆一妪，并挈其小女来。仆能成衣，妪能纺绩，于是芸绣，妪绩，仆则成衣，以供薪水。余素爱客，小酌必行令。芸善不费之烹庖，瓜蔬鱼虾一经芸手，便有意外味。同人知余贫，每出杖头钱，作竟日叙。余又好洁，地无纤尘，且无拘束，不嫌放纵。时有杨补凡名昌绪，善人物写真；袁少迂名沛，工山水；王星澜名岩，工花卉翎毛；爱萧爽楼幽雅，皆携画具来，余则从之学画。写草篆，镌图章，加以润笔，交芸备茶酒供客。终日品诗论画而已。更有夏淡安、揖山两昆季，并缪山音、知白两昆季，及蒋韵香、陆橘香、周啸霞、郭小愚、华杏帆、张闲酣诸君子，如梁上之燕自去自来。芸则拔钗沽酒，不动声色，良辰美景，不放轻过。今则天各一方，风流云散，兼之玉碎香埋，不堪回首矣！

萧爽楼有四忌：谈官宦升迁，公廨时事，八股时文，看牌掷色；有犯必罚酒五斤。有四取：慷慨豪爽，风流蕴藉，落拓不羁，澄静缄默。长夏无事，考对为会。每会八人，每人各携青蚨二百。先拈阄，得第一者为主考，关防别座；第二者为誊录，亦就座；余作举子，各于誊录处取纸一条，盖用印章。主考出五七言各一句，刻香为限，行立构思，不准交头私语。对就后投入一匣，方许就座。各人交卷毕，誊录启匣，并录一册，转呈主考，以杜徇私。十六对中取七言三联，五言三联。六联中取第一者即为后任主考，第二者为誊录。每人有两联不取者罚钱二十文，取一联者免罚十文，过限者倍罚。一场，主考得香钱百文。一日可十场，积钱千文，酒资大畅矣。惟芸议为官卷，准坐而构思。

杨补凡为余夫妇写载花小影，神情确肖。是夜月色颇佳，兰影上粉墙，别有幽致。星澜醉后兴发曰："补凡能为君写真，我能为花图影。"余笑曰："花影能如人影否？"星澜取素纸铺于墙，即就兰影，用墨浓淡图之。日间取视，虽不成画，而花叶萧疏，自有月下之趣。芸甚宝之。各有题咏。

苏城有南园、北园二处，菜花黄时，苦无酒家小饮；携盒而往，对花冷饮，殊无意味。或议就近觅饮者，或议看花归饮者，终不如对花热饮为快。众议未定。芸笑曰："明日但各出杖头钱，我自担炉火来。"众笑曰："诺。"众去，余问曰："卿果自往乎？"芸曰："非也。妾见市中卖馄饨者，其担锅灶无不备，盍雇之而往？妾先烹调端整，到彼处再一下锅，茶酒两便。"余曰："酒菜固便矣。茶乏烹具。"芸曰："携一砂罐去，以铁叉串罐柄，去其锅，悬于行灶中，加柴火煎茶，不亦便乎？"余鼓掌称善。街头有鲍姓者，卖馄饨为业，以百钱雇其担，约以明日午后。鲍欣然允议。明日看花者至，余告以故，众咸叹服。饭后同往，并带席垫，至南园，择柳阴下团坐。先烹茗，饮毕，然后暖酒烹肴。是时风和日丽，遍地黄金，青衫红袖，越阡度陌，蝶蜂乱飞，令人不饮自醉。既而酒肴俱熟，坐地大嚼。担者颇不俗，拉与同饮，游人见之莫不羡为奇想。杯盘狼藉，各已陶然，或坐或卧，或歌或啸。红日将颓，余思粥，担者即为买米煮之，果腹而归。芸问曰：“今日之游乐乎？”众曰：“非夫人之力不及此。”大笑而散。

贫士起居服食，以及器皿房舍，宜省俭而雅洁。省俭之法曰“就事论事”。余爱小饮，不喜多菜。芸为置一梅花盒，用二寸白磁深碟六只，中置一只，外置五只，用灰漆就，其形如梅花。底盖均起凹楞，盖之上有柄如花蒂，置之案头，如一朵墨梅覆桌；启盖视之，如菜装于花瓣中。一盒六色，二三知己可以随意取食。食完再添。另做矮边圆盘一只，以便放杯箸酒壶之类，随处可摆，移掇亦便。即食物省俭之一端也。余之小帽领袜皆芸自做，衣之破者移东补西，必整必洁，色取暗淡以免垢迹，既可出客，又可家常。此又服饰省俭之一端也。初至萧爽楼中嫌其暗，以白纸糊壁，遂亮。夏月楼下去窗，无阑干，觉空洞无遮拦。芸曰：“有旧竹帘在，何不以帘代栏？”余曰：“如何？”芸曰：“用竹数根黝黑色，一竖一横，留出走路。截半帘搭在横竹上，垂至地，高与桌齐。中竖短竹四根，用麻线扎定，然后于横竹搭帘处，寻旧黑布条，连横竹裹缝之。既可遮拦饰观，又不费钱。”此“就事论事”之一法也。以此推之，古人所谓竹头木屑皆有用，良有以也。

夏月荷花初开时，晚含而晓放。芸用小纱囊撮茶叶少许，置花心。明早取出，烹天泉水泡之，香韵尤绝。

卷三　坎坷记愁

人生坎坷何为乎来哉？往往皆自作孽耳。余则非也。多情重诺，爽直不羁，转因之为累。况吾父稼夫公，慷慨豪侠，急人之难，成人之事，嫁人之女，抚人之儿，指不胜屈，挥金如土，多为他人。余夫妇居家，偶有需用不免典质，始则移东补西，继则左支右绌。谚云："处家人情，非钱不行。"先起小人之议，渐招同室之讥。"女子无才便是德"，真千古至言也！

余虽居长而行三，故上下呼芸为"三娘"；后忽呼为"三太太"。始而戏呼，继成习惯，甚至尊卑长幼，皆以"三太太"呼之。此家庭之变机欤？

乾隆乙巳，随侍吾父于海宁官舍。芸于吾家书中附寄小函。吾父曰："媳妇既能笔墨，汝母家信付彼司之。"后家庭偶有闲言，吾母疑其述事不当，仍不令代笔。吾父见信非芸手笔，询余曰："汝妇病耶?"余即作札问之，亦不答。久之，吾父怒曰："想汝妇不屑代笔耳!"迨余归，探知委曲，欲为婉剖。芸急止之曰："宁受责于翁，勿失欢于姑也。"竟不自白。

庚戌之春，予又随侍吾父于邗江幕中。有同事俞孚亭者，挈眷居焉。吾父谓孚亭曰："一生辛苦常在客中，欲觅一起居服役之人而不可得。儿辈果能仰体亲意，当于家乡觅一人来，庶语音相合。"孚亭转述于余，密札致芸，倩媒物色，得姚氏女。芸以成否未定，未即禀知吾母。其来也，托言邻女之嬉游者。及吾父命余接取至署，芸又听旁人意见，托言吾父素所合意者。吾母见之曰："此邻女之嬉游者也，何娶之乎?"芸遂并失爱于姑矣。

壬子春，余馆真州。吾父病于邗江，余往省，亦病焉。余弟启堂时亦随侍。芸来书曰："启堂弟曾向邻妇借贷，倩芸作保，现追索甚急。"余询启堂，启堂转以嫂氏为多事。余遂批纸尾曰："父子皆病，无钱可偿；俟启弟归时，自行打算可也。"未几病皆愈，余仍往真州。芸复书来，吾父拆视之，中述启弟邻项事，且云：“令堂以老人之病，皆由姚姬而起。翁病稍痊，宜密嘱姚托言思家，妾当令其家父母到扬接取；实彼此卸责之计也。”吾父见书怒甚。询启堂以邻项事，答言不知。遂札饬余曰：“汝妇背夫借债，谗谤小叔，且称姑曰令堂，翁曰老人，悖谬之甚！我已专人持札回苏斥逐。汝若稍有人心，亦当知过！”余接此札，如闻青天霹雳；即肃书认罪，觅骑遄归，恐芸之短见也。到家述其本末，而家人乃持逐书至，历斥多过，言甚决绝。芸泣曰：“妾固不合妄言，但阿翁当恕妇女无知耳。”越数日，吾父又有手谕至，曰：“我不为已甚。汝携妇别居，勿使我见，免我生气足矣。”乃寄芸于外家。而芸以母亡弟出，不愿往依族中。幸友人鲁半舫闻而怜之，招余夫妇往居其家萧爽楼。越两载，吾父渐知始末。适余自岭南归，吾父自至萧爽楼谓芸曰：“前事我已尽知，汝盍归乎？”余夫妇欣然，仍归故宅，骨肉重圆。岂料又有憨园之孽障耶！

芸素有血疾，以其弟克昌出亡不返，母金氏复念子病没，悲伤过甚所致；自识憨园，年余未发，余方幸其得良药。而憨为有力者夺去，以千金作聘，且许养其母，佳人已属沙吒利矣。余知之而未敢言也。及芸往探始知之，归而呜咽，谓余曰：“初不料憨之薄情乃尔也！”余曰：“卿自情痴耳。此中人何情之有哉！况锦衣玉食者未必能安于荆钗布裙也，与其后悔，莫若无成。”因抚慰之再三。而芸终以受愚为恨，血疾大发，床席支离，刀圭无效。时发时止，骨瘦形销。不数年而逋负日增，物议日起。老亲又以盟妓一端，憎恶日甚。余则调停中立，已非生人之境矣。

芸生一女名青君，时年十四，颇知书，且极贤能，质钗典服，幸赖辛劳；子名逢森，时年十二，从师读书。余连年无馆，设一书画铺于家门之内。三日所进，不敷一日所出，焦劳困苦，竭蹶时形。隆冬无裘，挺身而过。青君亦衣单股栗，犹强曰“不寒”。因是芸誓不医药。偶能起床，适余有友人周春煦自福郡王幕中归，倩人绣《心经》一部。芸念绣经可以消灾降福，且利其绣价之丰，竟绣焉。而春煦行色匆匆不能久待，十日告成。弱者骤劳，致增腰痠头晕之疾。岂知命薄者，佛亦不能发慈悲也！

绣经之后，芸病转增，唤水索汤，上下厌之。有西人赁屋于余画铺之左，放利债为业，时倩余作画，因识之。

友人某向渠借五十金，乞余作保，余以情有难却，允焉。而某竟挟资远遁。西人惟保是问，时来饶舌，初以笔墨为抵，渐至无物可偿。岁底吾父家居，西人索债，咆哮于门。吾父闻之，召余诃责曰："我辈衣冠之家，何得负此小人之债！"正剖诉间，适芸有自幼同盟姊适锡山华氏，知其病，遣人问讯。堂上误以为憨园之使，因愈怒曰："汝妇不守闺训，结盟娼妓；汝亦不思习上，滥伍小人。若置汝死地，情有不忍，姑宽三日限，速自为计，迟必首汝逆矣！"芸闻而泣曰："亲怒如此，皆我罪孽。妾死君行，君必不忍；妾留君去，君必不舍。姑密唤华家人来，我强起问之。"因令青君扶至房外，呼华使问曰："汝主母特遣来耶？抑便道来耶？"曰："主母久闻夫人卧病，本欲亲来探望，因从未登门不敢造次；临行嘱付，倘夫人不嫌乡居简亵，不妨到乡调养，践幼时灯下之言。"盖芸与同绣日，曾有疾病相扶之誓也。因嘱之曰："烦汝速归，禀知主母，于两日后放舟密来。"其人既退，谓余曰："华家盟姊情逾骨肉，君若肯至其家，不妨同行；但儿女携之同往既不便，留之累亲又不可，必于两日内安顿之。"

时余有表兄王荩臣一子名韫石，愿得青君为媳妇。芸曰："闻王郎懦弱无能，不过守成之子，而王又无成可守；幸诗礼之家，且又独子，许之可也。"余谓荩臣曰："吾父与君有渭阳之谊，欲媳青君，谅无不允。但待长而嫁，势所不能。余夫妇往锡山后，君即禀知堂上，先为童媳，何如?"荩臣喜曰："谨如命。"逢森亦托友人夏揖山转荐学贸易。

安顿已定，华舟适至。时庚申之腊二十五日也。芸曰："孑然出门，不惟招邻里笑，且西人之项无著，恐亦不放，必于明日五鼓悄然而去。"余曰："卿病中能冒晓寒耶?"芸曰："死生有命，无多虑也。"密禀吾父，亦以为然。是夜，先将半肩行李挑下船，令逢森先卧。青君泣于母侧。芸嘱曰："汝母命苦，兼亦情痴，故遭此颠沛。幸汝父待我厚，此去可无他虑。两三年内，必当布置重圆。汝至汝家须尽妇道，勿似汝母。汝之翁姑以得汝为幸，必善视汝。所留箱笼什物尽付汝带去。汝弟年幼，故未令知，临行时托言就医，数日即归，俟我去远告知其故，禀闻祖父可也。"旁有旧妪，即前卷中曾赁其家消暑者，愿送至乡；故是时陪侍在侧，拭泪不已。将交五鼓，暖粥共啜之。芸强颜笑曰：

“昔一粥而聚，今一粥而散；若作传奇，可名《吃粥记》矣。”逢森闻声亦起，呻曰：“母何为？”芸曰：“将出门就医耳。”逢森曰：“起何早？”曰：“路远耳。汝与姊相安在家，毋讨祖母嫌。我与汝父同往，数日即归。”鸡声三唱，芸含泪扶妪，启后门将出。逢森忽大哭，曰：“噫，我母不归矣！”青君恐惊人，急掩其口而慰之。当是时，余两人寸肠已断，不能复作一语，但止以“勿哭”而已！青君闭门后，芸出巷十数步，已疲不能行，使妪提灯，余背负之而行。将至舟次，几为逻者所执，幸老妪认芸为病女，余为婿，且得舟子皆华氏工人，闻声接应，相扶下船。解维后，芸始放声痛哭。是行也，其母子已成永诀矣！

华名大成，居无锡之东高山，面山而居，躬耕为业，人极朴诚。其妻夏氏，即芸之盟姊也。是日午未之交，始抵其家。华夫人已倚门而待，率两小女至舟，相见甚欢。扶芸登岸，款待殷勤。四邻妇人孺子哄然入室，将芸环视，有相问讯者，有相怜惜者，交头接耳，满屋啾啾。芸谓华夫人曰：“今日真如渔父入桃源矣。”华曰：“妹莫笑。乡人少所见多所怪耳。”自此相安度岁。

至元宵，仅隔两旬而芸渐能起步。是夜观龙灯于打麦场中，神情态度，渐可复元。余乃心安，与之私议曰："我居此非计。欲他适，而短于资，奈何?"芸曰："妾亦筹之矣。君姊丈范惠来现于靖江盐公堂司会计，十年前曾借君十金，适数不敷，妾典钗凑之。君忆之耶?"余曰："忘之矣。"芸曰："闻靖江去此不远，君盍一往?"余如其言。时天颇暖，织绒袍哔叽短褂，犹觉其热。此辛酉正月十六日也。是夜宿锡山客旅，赁被而卧。晨起趁江阴航船，一路逆风继以微雨。夜至江阴江口，春寒彻骨，沽酒御寒，囊为之罄。踌躇终夜，拟卸衬衣，质钱而渡。十九日北风更烈，雪势犹浓，不禁惨然泪落。暗计房资渡费，不敢再饮。正心寒股栗间，忽见一老翁草鞋毡笠负黄包，入店，以目视余，似相识者。余曰："翁非泰州曹姓耶?"答曰："然。我非公，死填沟壑矣。今小女无恙，时诵公德。不意今日相逢。何逗留于此?"盖余幕泰州时有曹姓，本微贱，一女有姿色，已许婿家，有势力者放债谋其女，致涉讼。余从中调护，仍归所许。曹即投入公门为隶，叩首作谢，故识之。余告以投亲遇雪之由。曹曰："明日天晴，我当顺途相送。”出钱沽酒，备极款洽。

二十日晓钟初动，即闻江口唤渡声。余惊起，呼曹同济。曹曰：“勿急。宜饱食登舟。”乃代偿房饭钱，拉余出沽。余以连日逗留，急欲赶渡，食不下咽，强啖麻饼两枚。及登舟，江风如箭，四肢发战。曹曰：“闻江阴有人缢于靖，其妻雇是舟而往。必俟雇者来始渡耳。”枵腹忍寒，午始解缆。至靖，暮烟四合矣。曹曰：“靖有公堂两处。所访者城内耶？城外耶？”余踉跄随其后，且行且对曰：“实不知其内外也。”曹曰：“然则且止宿，明日往访耳。”进旅店，鞋袜已为泥淤湿透，索火烘之。草草饮食，疲极酣睡。晨起，袜烧其半。曹又代偿房饭钱。访至城中，惠来尚未起，闻余至，披衣出，见余状惊曰：“舅何狼狈至此？”余曰：“姑勿问。有银乞借二金，先遣送我者。”惠来以番饼二圆授余，即以赠曹。曹力却，受一圆而去。余乃历述所遭，并言来意。惠来曰：“郎舅至戚，即无宿逋，亦应竭尽绵力；无如航海盐船新被盗，正当盘账之时，不能挪移丰赠，当勉措番银二十圆，以偿旧欠，何如？”余本无奢望，遂诺之。留住两日，天已晴暖，即作归计。二十五日仍回华宅。芸曰："君遇雪乎？"余告以所苦。因惨然曰："雪时，妾以君为抵靖，乃尚逗留江口。幸遇曹老，绝处逢生，亦可谓吉人天相矣。"越数日，得青君信，知逢森已为揖山荐引入店。荩臣请命于吾父，择正月二十四日将伊接去。儿女之事粗能了了，但分离至此，令人终觉惨伤耳。

二月初，日暖风和，以靖江之项薄备行装，访故人胡肯堂于邗江盐署。有贡局众司事公延入局，代司笔墨，身心稍定。至明年壬戌八月，接芸书曰："病体全瘳。惟寄食于非亲非友之家，终觉非久长之策，愿亦来邗，一睹平山之胜。"余乃赁屋于邗江先春门外，临河两椽。自至华氏接芸同行。华夫人赠一小奚奴曰阿双，帮司炊爨，并订他年结邻之约。

时已十月，平山凄冷，期以春游。满望散心调摄，徐图骨肉重圆。不满月，而贡局司事忽裁十有五人，余系友中之友遂亦散闲。芸始犹百计代余筹画，强颜慰藉，未尝稍涉怨尤。至癸亥仲春，血疾大发。余欲再至靖江，作将伯之呼。芸曰："求亲不如求友。"余曰："此言虽是，奈友虽关切，现皆闲处，自顾不遑。"芸曰："幸天时已暖，前途可无阻雪之虑。愿君速去速回，勿以病人为念。君或体有不安，妾罪更重矣。”时已薪水不继，余佯为雇骡以安其心，实则囊饼徒步且食且行。向东南，两渡叉河，约八九十里，四望无村落。至更许，但见黄沙漠漠，明星闪闪，得一土地祠，高约五尺许，环以短墙，植以双柏。因向神叩首，祝曰：“苏州沈某投亲失路至此，欲假神祠一宿，幸神怜佑。”于是移小石香炉于旁，以身探之，仅容半体，以风帽反戴掩面，坐半身于中，出膝于外，闭目静听，微风萧萧而已。足疲神倦，昏然睡去。及醒，东方已白，短墙外忽有步语声。急出探视，盖土人赶集经此也。问以途。曰：“南行十里即泰兴县城，穿城向东南十里一土墩，过八墩，即靖江，皆康庄也。”余乃反身，移炉于原位，叩首作谢而行。过泰兴，即有小车可附。申刻抵靖，投刺焉。良久，司阍者曰：“范爷因公往常州去矣。”察其辞色，似有推托。余诘之曰：“何日可归？”曰：“不知也。”余曰：“虽一年亦将待之。”阍者会余意，私问曰：“公与范爷嫡郎舅耶？”余曰：“苟非嫡者，不待其归矣。”阍者曰：“公姑待之。”越三日，乃以回靖告，共挪二十五金。雇骡急返。

芸正形容惨变，咻咻涕泣。见余归，卒然曰：“君知昨午阿双卷逃乎？倩人大索，今犹不得。失物小事，人系伊母临行再三交托，今若逃归，中有大江之阻，已觉堪虞。倘其父母匿子图诈，将奈之何？且有何颜见我盟姊！”余曰：“请勿急。卿虑过深矣。匿子图诈，诈其富有也；我夫妇两肩担一口耳。况携来半载授衣分食，从未稍加扑责，邻里咸知。此实小奴丧良，乘危窃逃。华家盟姊赠以匪人，彼无颜见卿；卿何反谓无颜见彼耶？今当一面呈县立案，以杜后患可也。”芸闻余言，意似稍释；然自此梦中呓语时呼“阿双逃矣”，或呼“憨何负我”，病势日以增矣。余欲延医诊治。芸阻曰：“妾病始因弟亡母丧，悲痛过甚；继为情感，后由忿激。而平素又多过虑，满望努力做一好媳妇，而不能得，以至头眩、怔忡诸症毕备；所谓病入膏肓，良医束手，请勿为无益之费。忆妾唱随二十三年，蒙君错爱，百凡体恤，不以顽劣见弃。知己如君，得婿如此，妾已此生无憾。若布衣暖，菜饭饱，一室雍雍，优游泉石，如沧浪亭、萧爽楼之处境，真成烟火神仙矣。神仙几世才能修到，我辈何人敢望神仙耶？强而求之，致干造物之忌，即有情魔之扰。总因君太多情，妾生薄命耳!”因又呜咽而言曰：“人生百年终归一死。今中道相离，忽焉长别，不能终奉箕帚，目睹逢森娶妇；此心实觉耿耿。”言已，泪落如豆。余勉强慰之曰：“卿病八年，恹恹欲绝者屡矣。今何忽作断肠语耶?”芸曰：“连日梦我父母放舟来接，闭目即飘然上下，如行云雾中，殆魂离而躯壳存乎?”余曰：“此神不收舍，服以补剂，静心调养，自能安痊。”芸又欷歔曰：“妾若稍有生机一线，断不敢惊君听闻。今冥路已近，苟再不言，言无日矣。君之不得亲心，流离颠沛，皆由妾故。妾死则亲心自可挽回，君亦可免牵挂。堂上春秋高矣，妾死，君宜早归。如无力携妾骸骨归，不妨暂厝于此，待君将来可耳。愿君另续德容兼备者，以奉双亲，抚我遗子，妾亦瞑目矣!”言至此，痛肠欲裂，不觉惨然大恸。余曰：“卿果中道相舍，断无再续之理。况‘曾经沧海难为水，除却巫山不是云’耳。”芸乃执余手而更欲有言，仅断续叠言“来世”二字。忽发喘，口噤，两目瞪视，千呼万唤，已不能言。痛泪两行，涔涔流溢。既而喘渐微，泪渐干，一灵缥缈，竟尔长逝。时嘉庆癸亥三月三十日也。当是时，孤灯一盏，举目无亲，两手空拳，寸心欲碎。绵绵此恨，曷其有极！承吾友胡肯堂以十金为助，余尽室中所有，变卖一空，亲为成殓。呜呼！芸一女流，具男子之襟怀才识。归吾门后，余日奔走衣食，中馈缺乏，芸能纤悉不介意。及余家居，惟以文字相辩析而已。卒之疾病颠连，赍恨以没，谁致之耶？余有负闺中良友，又何可胜道哉！奉劝世间夫妇，固不可彼此相仇，亦不可过于情笃。语云："恩爱夫妻不到头"，如余者，可作前车之鉴也。

回煞之期，俗传是日魂必随煞而归，故房中铺设一如生前，且须铺生前旧衣于床上，置旧鞋于床下，以待魂归瞻顾。吴下相传谓之"收眼光"；延羽士作法，先召于床而后遣之，谓之"接眚"。邗江俗例，设酒肴于死者之室，一家尽出，谓之"避眚"；以故有因避被窃者。芸娘眚期，房东因同居而出避，邻家嘱余亦设肴远避。余冀魂归一见，姑漫应之。同乡张禹门谏余曰："因邪入邪，宜信其有，勿尝试也。"余曰："所以不避而待之者，正信其有也。"张曰："回煞犯煞不利生人。夫人即或魂归，业已阴阳有间，窃恐欲见者无形可接，应避者反犯其锋耳。"时余痴心不昧，强对曰："死生有命。君果关切，伴我何如?"张曰："我当于门外守之。君有异见，一呼即入可也。"余乃张灯入室，见铺设宛然，而音容已杳，不禁心伤泪涌。又恐泪眼模糊，失所欲见，忍泪睁目，坐床而待。抚其所遗旧服，香泽犹存，不觉柔肠寸断，冥然昏去。转念待魂而来，何速睡耶！开目四视，见席上双烛青焰荧荧，缩光如豆，毛骨悚然，通体寒栗。因摩两手擦额，细瞩之，双焰渐起高至尺许，纸裱顶格几被所焚。余正得借光四顾间，光忽又缩如前。此时心舂股栗，欲呼守者进观；而转念柔魂弱魄，恐为盛阳所逼，悄呼芸名而祝之，满室寂然，一无所见。既而烛焰复明，不复腾起矣。出告禹门，服余胆壮，不知余实一时情痴耳。

芸没后，忆和靖"妻梅子鹤"语，自号梅逸。权葬芸于扬州西门外之金桂山，俗呼郝家宝塔。买一棺之地，从遗言寄于此。携木主还乡，吾母亦为悲悼。青君、逢森归来，痛哭成服。启堂进言曰："严君怒犹未息，兄宜仍往扬州。俟严君归里，婉言劝解，再当专札相招。"余遂拜母别子女，痛哭一场；复至扬州，卖画度日。因得常哭于芸娘之墓，影单形只，备极凄凉。且偶经故居，伤心惨目。重阳日，邻冢皆黄，芸墓独青。守坟者曰：“此好穴场，故地气旺也。”余暗祝曰：“秋风已紧，身尚衣单。卿若有灵，佑我图得一馆，度此残年，以待家乡信息。”未几，江都幕客章驭庵先生欲回浙江葬亲，倩余代庖三月，得备御寒之具。封篆出署，张禹门招寓其家。张亦失馆，度岁艰难，商于余；即以余赀二十金倾囊借之，且告曰：“此本留为亡荆扶柩之费，一俟得有乡音，偿我可也。”是年即寓张度岁。晨占夕卜，乡音殊杳。

至甲子三月接青君信，知吾父有病，即欲归苏，又恐触旧忿。正趑趄观望间，复接青君信，始痛悉吾父业已辞世，刺骨痛心，呼天莫及。无暇他计，即星夜驰归。触首灵前，哀号流血。呜呼！吾父一生辛苦，奔走于外，生余不肖，既少承欢膝下，又未侍药床前，不孝之罪，何可逭哉！吾母见余哭，曰：“汝何此日始归耶？”余曰：“儿之归，幸得青君孙女信也。”吾母目余弟妇，遂默然。余入幕守灵，至七终无一人以家事告，以丧事商者。余自问人子之道已缺，故亦无颜询问。一日，忽有向余索逋者，登门饶舌。余出应曰："欠债不还，固应催索。然吾父骨肉未寒，乘凶追呼，未免太甚。"中有一人私谓余曰："我等皆有人招之使来。公且避出，当向招我者索偿也。"余曰："我欠我偿，公等速退！"皆唯唯而去。余因呼启堂谕之曰："兄虽不肖，并未作恶不端。若言出嗣降服，从未得过纤毫嗣产。此次奔丧归来，本人子之道，岂为争产故耶？大丈夫贵乎自立，我既一身归，仍以一身去耳！"言已，返身入幕，不觉大恸。叩辞吾母，走告青君，行将出走深山，求赤松子于世外矣。青君正劝阻间，友人夏南薰字淡安、夏逢泰字揖山两昆季寻踪而至，抗声谏余曰："家庭若此，固堪动忿；但足下父死而母尚存，妻丧而子未立，乃竟飘然出世，于心安乎？"余曰："然则如之何？"淡安曰："奉屈暂居寒舍，闻石琢堂殿撰有告假回籍之信，盍俟其归而往谒之？其必有以位置君也。"余曰："凶丧未满百日，兄等有老亲在堂，恐多未便。"揖山曰："愚兄弟之相邀，亦家君意也。足下如执以为不便，西邻有禅寺，方丈僧与余交最善。足下设榻于寺中，何如？"余诺之。青君曰："祖父所遗房产，不下三四千金，既已分毫不取，岂自己行囊亦舍去耶？我往取之，径送禅寺父亲处可也。”因是于行囊之外，转得吾父所遗图书、砚台、笔筒数件。寺僧安置予于大悲阁。阁南向，向东设神像。隔西首一间，设月窗，紧对佛龛，本为作佛事者斋食之地，余即设榻其中。临门有关圣提刀立像，极威武。院中有银杏一株，大三抱，荫覆满阁，夜静风声如吼。揖山常携酒果来对酌，曰：“足下一人独处，夜深不寐，得无畏怖耶？”余曰：“仆一生坦直，胸无秽念，何怖之有？”居未几，大雨倾盆，连宵达旦三十余天。时虑银杏折枝，压梁倾屋，赖神默佑，竟得无恙。而外之墙坍屋倒者，不可胜计，近处田禾，俱被漂没。余则日与僧人作画，不见不闻。七月初，天始霁，揖山尊人号莼芗有交易赴崇明，偕余往，代笔书券得二十金。归，值吾父将安葬，启堂命逢森向余曰：“叔因葬事乏用，欲助一二十金。”余拟倾囊与之。揖山不允，分帮其半。余即携青君先至墓所。葬既毕，仍返大悲阁。九月杪，揖山有田在东海永泰沙，又偕余往收其息。盘桓两月，归已残冬，移寓其家雪鸿草堂度岁，真异姓骨肉也。

乙丑七月，琢堂始自都门回籍。琢堂名韫玉，字执如，琢堂其号也，与余为总角交，乾隆庚戌殿元，出为四川重庆守，白莲教之乱，三年戎马，极著劳绩。及归，相见甚欢。旋于重九日，挈眷重赴四川重庆之任，邀余同往。余即叩别吾母于九妹倩陆尚吾家，盖先君故居，已属他人矣。吾母嘱曰："汝弟不足恃，汝行须努力，重振家声，全望汝也。"逢森送余至半途，忽泪落不已，因嘱勿送而返。舟出京口，琢堂有旧交王惕夫孝廉在淮扬盐署，绕道往晤，余与偕往，又得一顾芸娘之墓。返舟由长江溯流而上，一路游览名胜，至湖北之荆州，得升潼关观察之信，遂留余与其嗣君敦夫眷属等，暂寓荆州，琢堂轻骑减从，至重庆度岁，遂由成都历栈道之任。丙寅二月，川眷始由水路往，至樊城登陆，途长费巨，车重人多，毙马折轮，备尝辛苦。抵潼关甫三月，琢堂又升山左廉访，清风两袖，眷属不能偕行，暂借潼川书院作寓。十月杪，始支山左廉俸，专人接眷，附有青君之书，骇悉逢森于四月间夭亡，始忆前之送余堕泪者，盖父子永诀也。呜呼！芸仅一子，不得延其嗣续耶！琢堂闻之，亦为之浩叹，赠余一妾，重入春梦。从此扰扰攘攘，又不知梦醒何时耳。

卷四　浪游记快

余游幕三十年来，天下所未到者，蜀中、黔中与滇南耳，惜乎轮蹄征逐处处随人，山水怡情云烟过眼，不过领略其大概，不能探僻寻幽也。余凡事喜独出己见，不屑随人是非，即论诗品画，莫不存人珍我弃、人弃我取之意。故名胜所在贵乎心得，有名胜而不觉其佳者，有非名胜而自以为妙者，聊以平生所历者记之。

余年十五时，吾父稼夫公馆于山阴赵明府幕中，有赵省斋先生名传者，杭之宿儒也，赵明府延教其子，吾父命余亦拜投门下。暇日出游，得至吼山，离城约十余里，不通陆路。近山见一石洞，上有片石横裂欲堕，即从其下荡舟入，豁然空其中，四面皆峭壁，俗名之曰水园。临流建石阁五椽，对面石壁有“观鱼跃”三字。水深不测，相传有巨鳞潜伏。余投饵试之，仅见不盈尺者出而唼食焉。阁后有道通旱园，拳石乱矗，有横阔如掌者，有柱石平其顶而上加大石者，凿痕犹在，一无可取。游览既毕，宴于水阁，命从者放爆竹，轰然一响，万山齐应，如闻霹雳声。此幼时快游之始。惜乎兰亭、禹陵未能一到，至今以为憾。

至山阴之明年，先生以亲老不远游，设帐于家。余遂从至杭，西湖之胜因得畅游。结构之妙，予以龙井为最，小有天园次之。石取天竺之飞来峰，城隍山之瑞石古洞。水取玉泉，以水清多鱼，有活泼趣也。大约至不堪者，葛岭之玛瑙寺。其余湖心亭、六一泉诸景，各有妙处，不能尽述；然皆不脱脂粉气，反不如小静室之幽僻，雅近天然。苏小墓在西泠桥侧，土人指示，初仅半丘黄土而已。乾隆庚子，圣驾南巡曾一询及。甲辰春，复举南巡盛典，则苏小墓已石筑其坟，作八角形，上立一碑，大书曰“钱塘苏小小之墓”。从此吊古骚人，不须徘徊探访矣！余思古来烈魄贞魂堙没不传者，固不可胜数，即传而不久者亦不为少；小小一名妓耳，自南齐至今，尽人而知之，此殆灵气所钟，为湖山点缀耶？桥北数武有崇文书院，余曾与同学赵缉之投考其中。时值长夏，起极早，出钱塘门，过昭庆寺，上断桥，坐石阑上。旭日将升，朝霞映于柳外，尽态极妍。白莲香里，清风徐来，令人心骨皆清。步至书院，题犹未出也。午后缴卷。偕缉之纳凉于紫云洞，大可容数十人，石窍上透日光。有人设短几矮凳，卖酒于此。解衣小酌，尝鹿脯甚妙，佐以鲜菱雪藕。微酣，出洞。缉之曰："上有朝阳台，颇高旷，盍往一游?"余亦兴发，奋勇登其巅，觉西湖如镜，杭城如丸，钱塘江如带，极目可数百里，此生平第一大观也。坐良久，阳乌将落，相携下山，南屏晚钟动矣。韬光、云栖路远未到。其红门局之梅花，姑姑庙之铁树，不过尔尔。紫阳洞予以为必可观，而访寻得之，洞口仅容一指，涓涓流水而已。相传中有洞天，恨不能抉门而入。

清明日，先生春祭扫墓，挈余同游。墓在东岳。是乡多竹，坟丁掘未出土之毛笋，形如梨而尖，作羹供客。余甘之，尽其两碗。先生曰："噫！是虽味美而克心血，宜多食肉以解之。"余素不贪屠门之嚼，至是饭量且因笋而减。归途觉烦躁，唇舌几裂。过石屋洞不甚可观。水乐洞峭壁多藤萝，入洞如斗室，有泉流甚急，其声琅琅。池广仅三尺，深五寸许，不溢亦不竭。余俯流就饮，烦躁顿解。洞外二小亭，坐其中可听泉声。衲子请观万年缸。缸在香积厨，形甚巨，以竹引泉灌其内，听其满溢，年久结苔厚尺许。冬日不冰，故不损也。

辛丑秋八月，吾父病疟返里，寒索火，热索冰。余谏不听，竟转伤寒，病势日重。余侍奉汤药，昼夜不交睫者几一月。吾妇芸娘亦大病，恹恹在床。心境恶劣，莫可名状。吾父呼余嘱之曰："我病恐不起。汝守数本书，终非糊口计。我托汝于盟弟蒋思斋，仍继吾业可耳。"越日思斋来，即于榻前命拜为师。未几，得名医徐观莲先生诊治，父病渐痊；芸亦得徐力起床。而余则从此习幕矣。此非快事，何记于此？曰：此抛书浪游之始，故记之。

思斋先生名襄。是年冬，即相随习幕于奉贤官舍。有同习幕者，顾姓名金鉴，字鸿干，号紫霞；亦苏州人也，为人慷慨刚毅，直谅不阿。长余一岁，呼之为兄。鸿干即毅然呼余为弟，倾心相友。此余第一知己交也。惜以二十二岁卒，余即落落寡交。今年且四十有六矣，茫茫沧海，不知此生再遇知己如鸿干者否？忆与鸿干订交，襟怀高旷，时兴山居之想。重九日，余与鸿干俱在苏。有前辈王小侠与吾父稼夫公唤女伶演剧，宴客吾家。余患其扰，先一日约鸿干赴寒山登高，借访他日结庐之地。芸为整理小酒榼。越日天将晓，鸿干已登门相邀，遂携榼出胥门，入面肆，各饱食。渡胥江，步至横塘枣市桥，雇一叶扁舟，到山日犹未午。舟子颇循良，令其籴米煮饭。余两人上岸，先至中峰寺。寺在支硎古刹之南，循道而上。寺藏深树，山门寂静，地僻僧闲，见余两人不衫不履，不甚接待。余等志不在此，未深入。归舟饭已熟。饭毕，舟子携榼相随，嘱其子守船。由寒山至高义园之白云精舍。轩临峭壁，下凿小池，围以石栏，一泓秋水。崖悬薜荔，墙积莓苔。坐轩下，惟闻落叶萧萧，悄无人迹。出门有一亭，嘱舟子坐此相候。余两人从石罅中入，名一线天，循级盘旋，直造其巅，曰“上白云”。有庵已坍颓，存一危楼，仅可远眺。小憩片刻，即相扶而下。舟子曰：“登高忘携酒榼矣。”鸿干曰：“我等之游欲觅偕隐地耳，非专为登高也。”舟子曰：“离此南行二三里，有上沙村，多人家，有隙地。我有表戚范姓居是村，盍往一游?”余喜曰：“此明末徐俟斋先生隐居处也。有园闻极幽雅，从未一游。”于是舟子导往。村在两山夹道中。园依山而无石，老树多极纡回盘郁之势。亭榭窗栏尽从朴素，竹篱茆舍，不愧隐者之居。中有皂荚亭，树大可两抱。余所历园亭，此为第一。园左有山，俗呼鸡笼山，山峰直竖，上加大石，如杭城之瑞石古洞，而不及其玲珑。旁一青石如榻，鸿干卧其上曰：“此处仰观峰岭，俯视园亭，既旷且幽，可以开樽矣。”因拉舟子同饮，或歌或啸，大畅胸怀。土人知余等觅地而来，误以为堪舆，以某处有好风水相告。鸿干曰：“但期合意，不论风水。”（岂意竟成谶语）！酒瓶既罄，各采野菊插满两鬓。归舟日已将没，更许抵家，客犹未散。芸私告余曰：“女伶中有兰官者，端庄可取。”余假传母命呼之入内，握其腕而睨之，果丰颐白腻。余顾芸曰：“美则美矣，终嫌名不称实。”芸曰：“肥者有福相。”余曰：“马嵬之祸，玉环之福安在?”芸以他辞遣之出，谓余曰：“今日君又大醉耶?”余乃历述所游，芸亦神往者久之。

癸卯春，余从思斋先生就维扬之聘，始见金、焦面目。

金山宜远观，焦山宜近视，惜余往来其间未尝登眺。渡江而北，渔洋所谓“绿杨城郭是扬州”一语，已活现矣。平山堂离城约三四里，行其途有八九里。虽全是人工，而奇思幻想，点缀天然，即阆苑瑶池，琼楼玉宇，谅不过此。其妙处在十馀家之园亭合而为一，联络至山，气势俱贯。其最难位置处，出城入景，有一里许紧沿城郭。夫城缀于旷远重山间，方可入画。园林有此，蠢笨绝伦。而观其或亭或台，或墙或石，或竹或树，半隐半露间，使游人不觉其触目；此非胸有丘壑者断难下手。城尽以虹园为首。折而向北，有石梁，曰“虹桥”。不知园以桥名乎？桥以园名乎？荡舟过，曰“长堤春柳”。此景不缀城脚而缀于此，更见布置之妙。再折而西，垒土立庙，曰“小金山”。有此一挡便觉气势紧凑，亦非俗笔。闻此地本沙土，屡筑不成，用木排若干，层叠加土，费数万金乃成。若非商家，乌能如是？过此有胜概楼，年年观竞渡于此，河面较宽。南北跨一莲花桥。桥门通八面，桥面设五亭，扬人呼为“四盘一暖锅”。此思穷力竭之为，不甚可取。桥南有莲心寺。寺中突起喇嘛白塔，金顶缨络，高矗云霄，殿角红墙松柏掩映，钟磬时闻；此天下园亭所未有者。过桥见三层高阁，画栋飞檐，五彩绚烂，叠以太湖石，围以白石栏，名曰“五云多处”；如作文中间之大结构也。过此名“蜀岗朝旭”，平坦无奇，且属附会。将及山，河面渐束，堆土植竹树，作四五曲；似已山穷水尽，而忽豁然开朗，平山之万松林已列于前矣。平山堂为欧阳文忠公所书。所谓淮东第五泉，真者在假山石洞中，不过一井耳，味与天泉同；其荷亭中之六孔铁井栏者，乃系假设，水不堪饮。九峰园另在南门幽静处，别饶天趣；余以为诸园之冠。康山未到，不识如何。此皆言其大概。其工巧处，精美处，不能尽述。大约宜以艳妆美人目之，不可作浣纱溪上观也。余适恭逢南巡盛典，各工告竣，敬演接驾点缀，因得畅其大观，亦人生难遇者也。

甲辰之春，余随侍吾父于吴江何明府幕中，与山阴章蘋江、武林章映牧、苕溪顾霭泉诸公同事，恭办南斗圩行宫，得第二次瞻仰天颜。一日，天将晚矣，忽动归兴。有办差小快船，双橹两桨，于太湖飞棹疾驰，吴俗呼为“出水辔头”，转瞬已至吴门桥；即跨鹤腾空，无此神爽。抵家，晚餐未熟也。吾乡素尚繁华，至此日之争奇夺胜，较昔尤奢。灯彩眩眸，笙歌聒耳，古人所谓“画栋雕甍”、“珠帘绣幕”、“玉栏干”、“锦步障”，不啻过之。余为友人东拉西扯，助其插花结彩。闲则呼朋引类，剧饮狂歌，畅怀游览。少年豪兴，不倦不疲。苟生于盛世而仍居僻壤，安得此游观哉！

是年，何明府因事被议，吾父即就海宁王明府之聘。嘉兴有刘蕙阶者，长斋佞佛，来拜吾父。其家在烟雨楼侧，一阁临河，曰“水月居”，其诵经处也，洁净如僧舍。烟雨楼在镜湖之中，四岸皆绿杨，惜无多竹，有平台可远眺。渔舟星列，漠漠平波，似宜月夜。衲子备素斋甚佳。至海宁，与白门史心月、山阴俞午桥同事。心月一子名烛衡，澄静缄默，彬彬儒雅，与余莫逆；此生平第二知心交也，惜萍水相逢，聚首无多日耳。游陈氏安澜园，地占百亩，重楼复阁，夹道回廊。池甚广，桥作六曲形，石满藤萝凿痕全掩，古木千章皆有参天之势，鸟啼花落如入深山。此人工而归于天然者，余所历平地之假石园亭，此为第一。曾于桂花楼中张宴，诸味尽为花气所夺，维酱姜味不变。

姜桂之性老而愈辣，以喻忠节之臣，洵不虚也。出南门，即大海。一日两潮，如万丈银堤破海而过。船有迎潮者，潮至，反棹相向。于船头设一木招，状如长柄大刀。招一捺，潮即分破，船即随招而入。俄顷始浮起，拨转船头随潮而去，顷刻百里。塘上有塔院，中秋夜曾随吾父观潮于此。循塘东约三十里，名尖山，一峰突起扑入海中。山顶有阁，匾曰“海阔天空”，一望无际，但见怒涛接天而已。

余年二十有五，应徽州绩溪克明府之招。由武林下“江山船”，过富春山，登子陵钓台。台在山腰，一峰突起，离水十馀丈，岂汉时之水竟与峰齐耶？月夜泊界口，有巡检署。山高月小，水落石出，此景宛然。黄山仅见其脚，惜未一瞻面目。绩溪城处于万山之中，弹丸小邑，民情淳朴。近城有石镜山。由山弯中曲折一里许，悬崖急湍湿翠欲滴，渐高，至山腰，有一方石亭，四面皆陡壁。亭左石削如屏，青色，光润可鉴人形。俗传能照前生；黄巢至此，照为猿猴形，纵火焚之，故不复现。离城十里有火云洞天，石纹盘结，凹凸巉岩，如黄鹤山樵笔意，而杂乱无章。洞石皆深绛色。旁有一庵，甚幽静。盐商程虚谷曾招游，设宴于此。席中有肉馒头，小沙弥眈眈旁视，授以四枚。临行以番银二圆为酬，山僧不识，推不受。告以一枚可易青钱七百馀文。僧以近无易处，仍不受。乃攒凑青蚨六百文付之，始欣然作谢。他日余邀同人携榼再往。老僧嘱曰：“曩者小徒不知食何物而腹泻，今勿再与。”可知藜藿之腹不受肉味，良可叹也。余谓同人曰：“作和尚者必居此等僻地，终身不见不闻，或可修真养静。若吾乡之虎邱山，终日目所见者妖童艳妓，耳所听者弦索笙歌，鼻所闻者佳肴美酒，安得身如枯木，心如死灰哉！”

又去城三十里，名曰仁里，有花果会，十二年一举，每举各出盆花为赛。余在绩溪适逢其会，欣然欲往，苦无轿马，乃教以断竹为杠，缚椅为轿，雇人肩之而去。同游者唯同事许策廷，见者无不讶笑。至其地，有庙，不知供何神。庙前旷处高搭戏台，画梁方柱，极其巍焕，近视则纸扎彩画，抹以油漆者。锣声忽至，四人抬对烛大如断柱，八人抬一猪大若牯牛，盖公养十二年始宰以献神。策廷笑曰：“猪固寿长，神亦齿利；我若为神，乌能享此？”余曰：“亦足见其愚诚也。”入庙，殿廊轩院所设花果盆玩，并不剪枝拗节，尽以苍老古怪为佳，大半皆黄山松。既而开场演剧，人如潮涌而至，余与策廷遂避去。未两载，余与同事不合，拂衣归里。

余自绩溪之游，见热闹场中卑鄙之状不堪入目，因易儒为贾。余有姑丈袁万九，在盘溪之仙人塘作酿酒生涯。余与施心耕附资合伙。袁酒本海贩，不一载，值台湾林爽文之乱，海道阻隔，货积本折。不得已，仍为冯妇。馆江北四年，一无快游可记。迨居萧爽楼，正作烟火神仙。有表妹倩徐秀峰自粤东归，见余闲居，慨然曰："足下待露而爨，笔耕而炊，终非久计。盍偕我作岭南游？当不仅获蝇头利也。"芸亦劝余曰："乘此老亲尚健，子尚壮年，与其商柴计米而寻欢，不如一劳而永逸。"余乃商诸交游者，集资作本。芸亦自办绣货，及岭南所无之苏酒醉蟹等物，禀知堂上，于小春十日，偕秀峰由东坝出芜湖口。长江初历，大畅襟怀。每晚，舟泊后，必小酌船头。见捕鱼者罾幂不满三尺，孔大约有四寸，铁箍四角似取易沉。余笑曰："圣人之教，虽曰'罟不用数'，而如此之大孔小罾，焉能有获？"秀峰曰："此专为网鯿鱼设也。"见其系以长绠，忽起忽落，似探鱼之有无。未几，急挽出水，已有鲠鱼枷罾孔而起矣。余始喟然曰：“可知一己之见，未可测其奥妙！”一日，见江心中一峰突起，四无依倚。秀峰曰：“此小孤山也。”霜林中，殿阁参差，乘风径过，惜未一游。

至滕王阁，犹吾苏府学之尊经阁移于胥门之大马头，王子安序中所云不足信也。即于阁下换高尾昂首船，名“三板子”，由赣关至南安登陆。值余三十诞辰，秀峰备面为寿。越日过大庾岭，山巅一亭，匾曰“举头日近”，言其高也。山头分为二。两边峭壁，中留一道如石巷。口列两碑：一曰“急流勇退”，一曰“得意不可再往”。山顶有梅将军祠，未考为何朝人。所谓岭上梅花，并无一树，意者以梅将军，得名梅岭耶？余所带送礼盆梅，至此将交腊月，已花落而叶黄矣。过岭出口，山川风物，便觉顿殊。岭西一山，石窍玲珑，已忘其名，舆夫曰：“中有仙人床榻。”匆匆竟过，以未得游为怅。至南雄，雇老龙船。过佛山镇，见人家墙顶多列盆花，叶如冬青，花如牡丹，有大红、粉白、粉红三种，盖山茶花也。腊月望，始抵省城，寓靖海门内，赁王姓临街楼层三椽。秀峰货物皆销与当道，余亦随其开单拜客，即有配礼者，络绎取货，不旬日而余物已尽。除夕蚊声如雷。岁朝贺节，有棉袍纱套者，不维气候迥别，即土著人物，同一五官而神情迥异。

正月既望，有署中同乡三友拉余游河观妓，名曰“打水围”。妓名“老举”。于是同出靖海门，下小艇，如剖分之半蛋而加篷焉。先至沙面，妓船名“花艇”，皆对头分排，中留水巷以通小艇往来。每帮约一二十号，横木绑定，以防海风。两船之间钉以木桩，套以藤圈，以便随潮长落。鸨儿呼为“梳头婆”，头用银丝为架，高约四寸许，空其中而蟠发于外，以长耳挖插一朵花于鬓，身披元青短袄，著元青长裤，管拖脚背，腰束汗巾或红或绿，赤足撒鞋，式如梨园旦脚；登其艇即躬身笑迎，搴帏入舱。旁列椅杌，中设大炕，一门通艄后。妇呼有客，即闻履声杂沓而出；有挽髻者，有盘辫者；傅粉如粉墙，搽脂如榴火；或红袄绿裤，或绿袄红裤；有著短袜而撮绣花蝴蝶履者，有赤足而套银脚镯者；或蹲于炕，或倚于门，双瞳闪闪，一言不发。余顾秀峰曰：“此何为者也？”秀峰曰：“目成之后，招之始相就耳。”余试招之，果即欢容至前，袖出槟榔为敬。

入口大嚼，涩不可耐，急吐之，以纸擦唇，其吐如血。合艇皆大笑。又至军工厂，妆束亦相等，维长幼皆能琵琶而已。与之言，对曰：“唻?”“唻”者，“何”也。余曰：“少不入广者，以其销魂耳，若此野妆蛮语，谁为动心哉!”一友曰：“潮帮妆束如仙，可往一游。”至其帮，排舟亦如沙面。有著名鸨儿素娘者，妆束如花鼓妇。其粉头衣皆长领，颈套项锁，前发齐眉，后发垂肩，中挽一鬏似丫髻，裹足者著裙，不裹足者短袜，亦著蝴蝶履，长拖裤管，语音可辨；而余终嫌为异服，兴趣索然。秀峰曰：“靖海门对渡有扬帮，皆吴妆。君往，必有合意者。”一友曰：“所谓扬帮者，仅一鸨儿，呼曰‘邵寡妇’，携一媳曰大姑，系来自扬州；馀皆湖广江西人也。”因至扬帮，对面两排仅十馀艇。其中人物皆云鬟雾鬓，脂粉薄施，阔袖长裙，语音了了。所谓邵寡妇者，殷勤相接。遂有一友另唤酒船，大者曰“恒艛”，小者曰“沙姑艇”，作东道相邀，请余择妓。余择一雏年者，身材状貌有类余妇芸娘. 而足极尖细，名喜儿。秀峰唤一妓名翠姑。余皆各有旧交。放艇中流，开怀畅饮，至更许；余恐不能自持，坚欲回寓，而城已下钥久矣。盖海疆之城，日落即闭，余不知也。及终席，有卧而吃鸦片烟者，有拥妓而调笑者。伻头各送衾枕至，行将连床开铺。余暗询喜儿："汝本艇可卧否?"对曰："有寮可居，未知有客否也。"（寮者，船顶之楼。）余曰："姑往探之。"招小艇渡至邵船，但见合帮灯火相对如长廊。寮适无客。鸨儿笑迎，曰："我知今日贵客来，故留寮以相待也。"余笑曰："姥真荷叶下仙人哉!"遂有伻头移烛相引，由舱后，梯而登，宛如斗室，旁一长榻，几案俱备。揭帘再进，即在头舱之顶，床亦旁设，中间方窗嵌以玻璃，不火而光满一室，盖对船之灯光也。衾帐镜奁，颇极华美。喜儿曰："从台可以望月。"即在梯门之上，叠开一窗，蛇行而出，即后梢之顶也。三面皆设短栏，一轮明月，水阔天空。纵横如乱叶浮水者，酒船也；闪烁如繁星列天者，酒船之灯也；更有小艇梳织往来，笙歌弦索之声杂以长潮之沸，令人情为之移。余曰："'少不入广'，当在斯矣!"惜余妇芸娘不能偕游至此。回顾喜儿，月下依稀相似，因挽之下台，息烛而卧。天将晓，秀峰等已哄然至。余披衣起迎，皆责以昨晚之逃。余曰："无他，恐公等掀衾揭帐耳。"遂同归寓。

越数日，偕秀峰游海珠寺。寺在水中，围墙若城四周。离水五尺许，有洞，设大炮以防海寇。潮长潮落，随水浮沉，不觉炮门之或高或下，亦物理之不可测者。十三洋行在幽兰门之西，结构与洋画同。对渡名花地，花木甚繁，广州卖花处也。余自以为无花不识，至此仅识十之六七，询其名，有《群芳谱》所未载者，或土音之不同欤？海幢寺规模极大。山门内植榕树，大可十余抱，阴浓如盖，秋冬不凋。柱槛窗栏皆以铁梨木为之。有菩提树，其叶似柿，浸水去皮，肉筋细如蝉翼纱，可裱小册写经。归途访喜儿于花艇，适翠、喜二妓俱无客。茶罢欲行，挽留再三。余所属意在寮，而其媳大姑已有酒客在上。因谓邵鸨儿曰："若可同往寓中，则不妨一叙。"邵曰："可。"秀峰先归，嘱从者整理酒肴。余携翠喜至寓。正谈笑间，适郡署王懋老不期而来，挽之同饮。酒将沾唇，忽闻楼下人声嘈杂，似有上楼之势。盖房东一侄素无赖，知余招妓，故引人图诈耳。秀峰怨曰："此皆三白一时高兴，不合我亦从之。"余曰："事已至此，应速思退兵之计，非斗口时也。"懋老曰："我当先下说之。"余念唤仆速雇两轿，先脱两妓，再图出城之策。闻懋老说之不退，亦不上楼。两轿已备，余仆手足颇捷，令其向前开路。秀挽翠姑继之，余挽喜儿于后，一哄而下。秀峰、翠姑得仆力，已出门去。喜儿为横手所拿。余急起腿中其臂，手一松而喜儿脱去，余亦乘势脱身出。余仆犹守于门，以防追抢。急问之曰："见喜儿否？"仆曰："翠姑已乘轿去。喜娘但见其出，未见其乘轿也。"余急燃炬，见空轿犹在路旁。急追至靖海门，见秀峰侍翠轿而立。又问之，对曰："或应投东，而反奔西矣。"急反身过寓十余家，闻暗处有唤余者，烛之，喜儿也；遂纳之轿，肩而行。秀峰亦奔至，曰："幽兰门有水窦可出，已托人贿之启钥。翠姑去矣，喜儿速往！"余曰："君速回寓退兵，翠喜交我。"至水窦边，果已启钥，翠先在。余遂左掖喜，右挽翠，折腰鹤步，踉跄出窦。天适微雨，路滑如油。至河干沙面，笙歌正盛。小艇有识翠姑者，招呼登舟。始见喜儿首如飞蓬，钗环俱无有。余曰："被抢去耶？"喜儿笑曰："闻此皆赤金，阿母物也。妾于下楼时已除去，藏于囊中。若被抢去，累君赔偿耶。"余闻言，心甚德之；令其重整钗环，勿告阿母，托言寓所人杂，故仍归舟耳。

翠姑如言告母，并曰："酒菜已饱，备粥可也。"时寮上酒客已去，邵鸨儿命翠亦陪余登寮。见两对绣鞋泥污已透。三人共粥，聊以充饥。剪烛絮谈，始悉翠籍湖南；喜亦豫产，本姓欧阳，父亡母醮，为恶叔所卖。翠姑告以迎新送旧之苦，心不欢必强笑，酒不胜必强饮，身不快必强陪，喉不爽必强歌；更有乖张其性者，稍不合意，即掷酒翻案大声辱骂，假母不察，反言接待不周；又有恶客彻夜蹂躏，不堪其扰。喜儿年轻初到，母犹惜之。不觉泪随言落。喜儿亦默然涕泣。余乃挽喜入怀，抚慰之。嘱翠姑卧于外榻，盖因秀峰交也。自此或十日或五日，必遣人来招。喜或自放小艇，亲至河干迎接。余每去，必偕秀峰，不邀他客，不另放艇。一夕之欢，番银四圆而已。秀峰今翠明红，俗谓之跳槽，甚至一招两妓。余则惟喜儿一人。偶独往，或小酌于平台，或清谈于寮内，不令唱歌，不强多饮，温存体恤，一艇怡然。邻妓皆羡之。有空闲无客者，知余在寮，必来相访。合帮之妓，无一不识。每上其艇，呼余声不绝。余亦左顾右盼，应接不暇，此虽挥霍万金所不能致者。余四月在彼处，共费百余金，得尝荔枝鲜果，亦生平快事。

后鸨儿欲索五百金，强余纳喜。余患其扰，遂图归计。秀峰迷恋于此，因劝其购一妾，仍由原路返吴。明年，秀峰再往，吾父不准偕游，遂就青浦杨明府之聘。及秀峰归，述及喜儿因余不往，几寻短见。噫！“半年一觉扬帮梦，赢得花船薄幸名”矣！

余自粤东归来，馆青浦两载，无快游可述。未几，芸、憨相遇，物议沸腾。芸以愤激致病。余与程墨安设一书画铺于家门之侧，聊佐汤药之需。中秋后二日，有吴云客偕毛忆香、王星烂邀余游西山小静室。余适腕底无闲，嘱其先往。吴曰：“子能出城，明午当在山前水踏桥之来鹤庵相候。”余诺之。越日，留程守铺。余独步出阊门，至山前，过水踏桥，循田塍而西，见一庵南向，门带清流。剥啄问之。应曰：“客何来？”余告之。笑曰：“此得云也。客不见匾额乎？来鹤已过矣！”余曰：“自桥至此，未见有庵。”其人回指曰：“客不见土墙中森森多竹者，即是也。”余乃返，至墙下，小门深闭。门隙窥之，短篱曲径，绿竹猗猗，寂不闻人语声。叩之，亦无应者。一人过，曰：“墙穴有石，敲门具也。”余试连击，果有小沙弥出应。余即循径入，过小石桥，向西一折，始见山门，悬黑漆额粉书“来鹤”二字，后有长跋，不暇细观。入门经韦驮殿，上下光洁，纤尘不染，知为小静室。忽见左廊又一小沙弥奉壶出。余大声呼问。即闻室内星烂笑曰：“何如？我谓三白决不失信也。”旋见云客出迎，曰：“候君早膳，何来之迟？”一僧继其后，向余稽首，问知为竹逸和尚。入其室，仅小屋三椽，额曰“桂轩”。庭中双桂盛开。星烂、忆香群起嚷曰：“来迟罚三杯！”席上，荤素精洁，酒则黄白俱备。余问曰：“公等游几处矣？”云客曰：“昨来已晚，今晨仅到得云、河亭耳。”欢饮良久。饭毕，仍自得云、河亭共游八九处，至华山而止，各有佳处，不能尽述。华山之顶有莲花峰，以时欲暮，期以后游。桂花之盛，至此为最。就花下饮，清茗一瓯，即乘山舆，径回来鹤。桂轩之东，另有临洁小阁，已杯盘罗列。竹逸寡言静坐，而好客善饮。始则折桂催花，继则每人一令，二鼓始罢。余曰：“今夜月色甚佳，即此酣卧，未免有负清光。何处得高旷地，一玩月色，庶不虚此良夜也？”竹逸曰：“放鹤亭可登也。”云客曰：“星烂抱得琴来，未闻绝调，到彼一弹何如？”乃偕往，但见木犀香里，一路霜林，月下长空，万籁俱寂。星烂弹《梅花三弄》，飘飘欲仙。忆香亦兴发，袖出铁笛，呜呜而吹之。云客曰：“今夜石湖看月者，谁能如吾辈之乐哉?”盖吾苏八月十八日石湖行春桥下，有看串月胜会，游船排挤，彻夜笙歌，名虽看月，实则挟妓哄饮而已。未几，月落霜寒，兴阑归卧。

明晨，云客谓众曰：“此地有无隐庵，极幽僻，君等有到过者否?”咸对曰：“无论未到，并未尝闻也。”竹逸曰：“无隐四面皆山，其地甚僻，僧不能久居。向年曾一至，已坍废。自尺木彭居士重修后，未尝往焉。今犹依稀识之。如欲往游，请为前导。”忆香曰：“枵腹去耶?”竹逸笑曰：“已备素面矣。再令道人携酒盒相从也。”面毕，步行而往。过高义园，云客欲往白云精舍。入门就坐，一僧徐步出，向云客拱手，曰：“违教两月。城中有何新闻?抚军在辕否?”忆香忽起，曰：“秃!”拂袖径出。余与星烂忍笑随之。云客、竹逸酬答数语，亦辞出。高义园即范文正公墓。白云精舍在其旁。一轩面壁，上悬藤萝，下凿一潭广丈许，一泓清碧，有金鳞游泳其中，名曰“钵盂泉”。竹炉茶灶，位置极幽。轩后于万绿丛中，可瞰范园之概，惜衲子俗，不堪久坐耳。是时由上沙村过鸡笼山，即余与鸿干登高处也。风物依然，鸿干已死，不胜今昔之感。正惆怅间，忽流泉阻路不得进。有三五村童掘菌子于乱草中，探头而笑，似讶多人之至此者。询以无隐路。对曰："前途水大不可行。请返数武，南有小径，度岭可达。"从其言。度岭南行里许，渐觉竹树丛杂，四山环绕，径满绿茵，已无人迹。竹逸徘徊四顾，曰："似在斯而径不可辨，奈何？"余乃蹲身细瞩，于千竿竹中隐隐见乱石墙舍，径拨丛竹间，横穿入觅之，始得一门，曰"无隐禅院，某年月日南园老人彭某重修"。众喜，曰："非君则武陵源矣！"山门紧闭，敲良久，无应者。忽旁开一门，呀然有声，一鹑衣少年出，面有菜色，足无完履，问曰："客何为者？"竹逸稽首曰："慕此幽静，特来瞻仰。"少年曰："如此穷山，僧散无人接待，请觅他游。"言已，闭门欲进。云客急止之，许以启门放游，必当酬谢。少年笑曰："茶叶俱无，恐慢客耳，岂望酬耶？"山门一启，即见佛面，金光与绿阴相映，庭阶石础苔积如绣。殿后台级如墙，石栏绕之。循台而西，有石形如馒头，高二丈许，细竹环其趾。再西折北，由斜廊蹑级而登。客堂三楹紧对大石。石下凿一小月池，清泉一派，荇藻交横。堂东即正殿。殿左西向为僧房厨灶。殿后临峭壁，树杂阴浓，仰不见天。星烂力疲，就池边小憩。余从之。将启盒小酌，忽闻忆香音在树杪，呼曰："三白速来！此间有妙境。"仰而视之，不见其人，因与星烂循声觅之。由东厢出一小门，折北，有石磴如梯约数十级，于竹坞中瞥见一楼。又梯而上，八窗洞然，额曰"飞云阁"。四山抱列如城，缺西南一角，遥见一水浸天，风帆隐隐，即太湖也。倚窗俯视，风动竹梢如翻麦浪。忆香曰："何如？"余曰："此妙境也。"忽又闻云客于楼西呼曰："忆香速来！此地更有妙境。"因又下楼，折而西，十馀级，忽豁然开朗，平坦如台。度其地，已在殿后峭壁之上，残砖缺础尚存，盖亦昔日之殿基也。周望环山，较阁更畅。忆香对太湖长啸一声，则群山齐应。乃席地开樽，忽愁枵腹。少年欲烹焦饭代茶，随令改茶为粥。邀与同啖，询其何以冷落至此？曰："四无居邻，夜多暴客。积粮时来强窃，即植蔬果亦半为樵子所有。此为崇宁寺下院，长厨中月送饭乾一石，盐菜一坛而已。某为彭姓裔，暂居看守，行将归去，不久当无人迹矣。”云客谢以番银一圆。返至来鹤，买舟而归。余绘《无隐图》一幅，以赠竹逸，志快游也。

是年冬，余为友人作中保所累，家庭失欢，寄居锡山华氏。明年春将之维扬，而短于资。有故人韩春泉在上洋幕府，因往访焉。衣敝履穿，不堪入署，投札约晤于郡庙园亭中。及出见，知余愁苦，慨助十金。园为洋商捐施而成，极为阔大，惜点缀各景杂乱无章，后叠山石亦无起伏照应。归途忽思虞山之胜，适有便舟附之。时当春仲，桃李争妍，逆旅行踪，苦无伴侣。乃怀青铜三百，信步至虞山书院。墙外仰瞩，见丛树交花，娇红稚绿，傍水依山，极饶幽趣，惜不得其门而入。问途以往，遇设篷瀹茗者，就之。烹碧罗春，饮之极佳。询虞山何处最胜？一游者曰：“从此出西关，近剑门，亦虞山最佳处也。君欲往，请为前导。”余欣然从之。出西门，循山脚，高低约数里，渐见山峰屹立，石作横纹。至则一山中分，两壁凹凸，高数十仞。近而仰视，势将倾堕。其人曰：“相传上有洞府，多仙景，惜无径可登。”余兴发，挽袖卷衣，猿攀而上，直造其巅。

所谓洞府者，深仅丈许，上有石罅，洞然见天。俯首下视，腿软欲堕。乃以腹面壁，依藤附蔓而下。其人叹曰："壮哉！游兴之豪，未见有如君者。"余口渴思饮，邀其人就野店沽饮三杯。阳乌将落，未得遍游，拾赭石十馀块怀之归寓。负笈搭夜航至苏，仍返锡山。此余愁苦中之快游也。

嘉庆甲子春，痛遭先君之变，行将弃家远遁。友人夏揖山挽留其家。秋八月，邀余同往东海永泰沙勘收花息，沙隶崇明。出刘河口，航海百馀里。新涨初辟，尚无街市，茫茫芦荻，绝少人烟。仅有同业丁氏仓房数十椽，四面掘沟河，筑堤栽柳绕于外。丁字实初，家于崇，为一沙之首户。司会计者姓王，俱豪爽好客，不拘礼节，与余乍见，即同故交。宰猪为饷，倾瓮为饮。令则拇战，不知诗文；歌则号呶，不讲音律。酒酣，挥工人舞拳相扑为戏。蓄牯牛百馀头，皆露宿堤上。养鹅为号，以防海贼。日则驱鹰犬猎于芦丛沙渚间，所获多飞禽。余亦从之驰逐，倦则卧。引至园田成熟处，每一字号圈筑高堤，以防潮汛。堤中通有水窦，用闸启闭。旱则涨潮时启闸灌之，潦则落潮时开闸泄之。佃人皆散处如列星，一呼俱集，称业户曰"产主”，唯唯听命，朴诚可爱；而激之非义，则野横过于狼虎，幸一言公平率然拜服。风雨晦明，恍同太古。卧床外瞩即睹洪涛，枕畔潮声如鸣金鼓。一夜，忽见数十里外有红灯大如栲栳，浮于海中，又见红光烛天，势同失火。宝初曰：“此处起现神灯神火，不久又将涨出沙田矣。”揖山兴致素豪，至此益放。余更肆无忌惮，牛背狂歌，沙头醉舞，随其兴之所至，真生平无拘之快游也！事竣，十月始归。

吾苏虎邱之胜，余取后山之千顷云一处，次则剑池而已，馀皆半借人工，且为脂粉所污，已失山林本相。即新起之白公祠、塔影桥，不过留名雅耳。其冶坊滨，余戏改为野芳滨，更不过脂乡粉队，徒形其妖冶而已。其在城中最著名之狮子林，虽曰云林手笔，且石质玲珑，中多古木；然以大势观之，竟同乱堆煤渣，积以苔藓，穿以蚁穴，全无山林气势。以余管窥所及，不知其妙。灵岩山为吴王馆娃宫故址，上有西施洞、响屧廊、采香径诸胜，而其势散漫，旷无收束，不及天平、支硎之别饶幽趣。邓尉山一名玄墓，西背太湖，东对锦峰，丹崖翠阁，望如图画。居人种梅为业，花开数十里，一望如积雪，故名“香雪海”。山之左有古柏四树，名之曰“清”、“奇”、“古”、“怪”。清者一株挺直，茂如翠盖；奇者卧地三曲，形同之字；古者秃顶扁阔，半朽如掌；怪者体似旋螺，枝干皆然，相传汉以前物也。乙丑孟春，揖山尊人莼芗先生偕其弟介石率子侄四人，往幞山家祠春祭，兼扫祖墓，招余同往。顺道先至灵岩山，出虎山桥，由费家河进香雪海观梅。幞山祠宇即藏于香雪海中。时花正盛，咳吐俱香。余曾为介石画《幞山风木图》十二册。

是年九月，余从石琢堂殿撰赴四川重庆府之任。溯长江而上，舟抵皖城。皖山之麓，有元季忠臣余公之墓。墓侧有堂三楹，名曰“大观亭”。面临南湖，背倚潜山。亭在山脊，眺远颇畅。旁有深廊，北窗洞开。时值霜叶初红，烂如桃李。同游者为蒋寿朋、蔡子琴。南城外又有王氏园。其地长于东西，短于南北，盖北紧背城，南则临湖故也。既限于地，颇难位置，而观其结构作重台叠馆之法。重台者，屋上作月台为庭院，叠石栽花于上，使游人不知脚下有屋；盖上叠石者则下实，上庭院者则下虚，故花木仍得地气而生也。叠馆者，楼上作轩，轩上再作平台，上下盘折重叠四层，且有小池，水不漏泄，竟莫测其何虚何实。其立脚全用砖石为之，承重处仿照西洋立柱法。幸面对南湖，目无所阻，骋怀游览胜于平园，真人工之奇绝者也。

武昌黄鹤楼在黄鹄矶上，后拖黄鹄山，俗呼为蛇山。楼有三层，画栋飞檐，倚城屹峙，面临汉江，与汉阳晴川阁相对。余与琢堂冒雪登焉。仰视长空，琼花风舞，遥指银山玉树，恍如身在瑶台。江中往来小艇，纵横掀播，如浪卷残叶，名利之心至此一冷。壁间题咏甚多，不能记忆。但记楹对有云："何时黄鹤重来，且共倒金樽，浇洲渚千年芳草；但见白云飞去，更谁吹玉笛，落江城五月梅花。"黄州赤壁在府城汉川门外，屹立江滨，截然如壁，石皆绛色故名焉。《水经》谓之赤鼻山。东坡游此作二赋，指为吴魏交兵处，则非也。壁下已成陆地。上有二赋亭。

是年仲冬抵荆州。琢堂得升潼关观察之信，留余住荆州。余以未得见蜀中山水为怅。时琢堂入川，而哲嗣敦夫眷属，及蔡子琴、席芝堂俱留于荆州，居刘氏废园，余记其厅额曰"紫藤红树山房"。庭阶围以石栏，凿方池一亩，池中建一亭，有石桥通焉。亭后筑土垒石，杂树丛生。余多旷地，楼阁俱倾颓矣。客中无事，或吟或啸，或出游，或聚谈。岁暮虽资斧不继，而上下雍雍，典衣沽酒，且置锣鼓敲之。每夜必酌，每酌必令。窘则四两烧刀，亦必大施觞政。遇同乡蔡姓者，蔡子琴与叙宗系，乃其族子也。倩其导游名胜，至府学前之曲江楼。昔张九龄为长史时，赋诗其上。朱子亦有诗曰："相思欲回首，但上曲江楼。"城上又有雄楚楼，五代时高氏所建，规模雄峻，极目可数百里。绕城傍水，尽植垂杨，小舟荡桨往来，颇有画意。荆州府署即关壮缪帅府，仪门内有青石断马槽，相传即赤兔马食槽也。访罗含宅于城西小湖上，不遇；又访宋玉故宅于城北。昔庾信遇侯景之乱，遁归江陵，居宋玉故宅，继改为酒家；今则不可复识矣。是年大除，雪后极寒。献岁发春，无贺年之扰。日惟燃纸炮、放纸鸢、扎纸灯以为乐。既而风传花信，雨濯春尘。琢堂诸姬携其少女幼子顺川流而下。敦夫乃重整行装，合帮而走。由樊城登陆，直赴潼关。

由河南阌乡县西出函谷关，有"紫气东来"四字，即老子乘青牛所过之地。两山夹道，仅容二马并行。约十里即潼关，左背峭壁，右临黄河。关在山河之间扼喉而起，重楼垒垛极其雄峻，而车马寂然人烟亦稀。昌黎诗曰："日照潼关四扇开"，殆亦言其冷落耶？城中观察之下，仅一别驾。道署紧靠北城，后有园圃，横长约三亩。东西凿两池，水从西南墙外而入，东流至两池间，支分三道：一向南，至大厨房，以供日用；一向东，入东池；一向北折西，由石螭口中喷入西池，绕至西北设闸泄泻，由城脚转北，穿窦而出，直下黄河。日夜环流，殊清人耳。竹树阴浓，仰不见天。西池中有亭，藕花绕左右。东有面南书室三间，庭有葡萄架，下设方石，可弈可饮。以外皆菊畦。西有面东轩屋三间，坐其中可听流水声。轩南有小门可通内室。轩北窗下另凿小池。池之北有小庙，祀花神。园正中筑三层楼一座，紧靠北城，高与城齐，俯视城外即黄河也。河之北，山如屏列，已属山西界，真洋洋大观也。余居园南，屋如舟式，庭有土山，上有小亭，登之可览园中之概。绿阴四合，夏无暑气。琢堂为余颜其斋曰"不系之舟"。此余幕游以来，第一好居室也。土山之间，艺菊数十种，惜未及含葩，而琢堂调山左廉访矣，眷属移寓潼川书院，余亦随往院中居焉。琢堂先赴任，余与子琴、芝堂等无事，辄出游。乘骑至华阴庙，过华封里，即尧时三祝处。庙内多秦槐汉柏，大皆三四抱，有槐中抱柏而生者，柏中抱槐而生者。殿廷古碑甚多。内有陈希夷书福寿字。华山之脚，有玉泉院，即希夷先生化形骨蜕处。有石洞如斗室，塑先生卧像于石床。其地水净沙明，草多绛色，泉流甚急，修竹绕之。洞外一方亭，额曰“无忧亭”。旁有古树三株，纹如裂炭，叶似槐而色深，不知其名，土人即呼曰“无忧树”。太华之高不知几千仞，惜未能裹粮往登焉。归途见林柿正黄，就马上摘食之。土人呼止弗听，嚼之涩甚，急吐去。下骑觅泉漱口，始能言。土人大笑。盖柿须摘下，煮一沸始去其涩，余不知也。十月初，琢堂自山东专人来接眷属，遂出潼关，由河南入鲁。

山东济南府城内，西有大明湖。其中有历下亭、水香亭诸胜。夏月柳阴浓处，菡萏香来，载酒泛舟，极有幽趣。余冬日往视，但见衰柳寒烟，一水茫茫而已。趵突泉为济南七十二泉之冠。泉分三眼，从地底怒涌突起，势如腾沸。

凡泉皆从上而下，此独从下而上，亦一奇也。池上有楼供吕祖像。游者多于此品茶焉。明年二月，余就馆莱阳。至丁卯秋，琢堂降官翰林，余亦入都，所谓登州海市竟无从一见。

香畹楼忆语

香畹楼忆语

丁丑冬朔，家大人自崇疆受代归，筹海积劳，抱恙甚剧。太夫人扶病侍疾，自冬徂春，衣不解带。参术无灵，群医束手。余时新病甫起，乃泣祷于白莲桥华元化先生祠，愿减己算，以益亲年。闺人允庄复于慈云大士前，誓愿长斋绣佛，并偕余日持《观音经》若干卷，奉行众善。乃荷元化先生赐方四十九剂，服之，病始次第愈。自此夫妇异处者四年。允庄方选明诗，复得不寐之疾。左灯右茗，夜手一编，每至晨鸡喔喔，犹未就枕。自虑心耗体孱，不克仰事俯育，常致书其姨母高阳太君、嫂氏中山夫人，为余访置簉室。余坚却之。嗣知吴中湘雨、伫云、兰语楼诸姬，皆有愿为夫子妾之意，历请堂上为余纳之。余固以为不可。盖大人乞禄养亲，怀冰服政，十年之久，未得真除，相依为命者千馀指，待以举火者数十家。重亲在堂，年逾七秩，恒有世途荆棘，宦海波澜之感。余四踏槐花，辄成康了，方思投笔，以替仔肩。“满堂兮美人，独与余兮目成”。射工伺余，固不欲冒此不韪，且绿珠、碧玉，徒侈艳情，温凊定省，孰能奉吾老母者？采兰树萱，此事固未容草草也。

金陵有停云主人者，红妆之季布也。珍其弱息，不异掌珠；谬采虚声，愿言倚玉。申丈白甫暨晴梁太史，为宣芳愫。余复赋诗谢之曰：

肯向天涯托掌珠，含光佳侠意何如？
桃花扇底人如玉，珍重侯生一纸书。

新柳雏莺最可怜，怕成薄幸杜樊川。
重来纵践看花约，抛掷春光已十年。

生平知己属明妆，争讶吴儿木石肠。
孤负画兰年十五，又传消息到王昌。

催我空江打桨迎，误人从古是浮名。
当筵一唱琴河曲，不解梅村负玉京。

白门杨柳暗栖鸦，别梦何尝到谢家？
惆怅郁金堂外路，西风吹冷白莲花。

此诗流传，为紫姬见之，激扬赞叹。絮果兰因，于兹始茁矣。

孟陬下浣，将游淮左，道出秣陵，初见紫姬于纫秋水榭。时停云娇女幼香将有所适，仲澜骑尉招与偕来。余与紫姬相见之次，画烛流辉，玉梅交映，四目融视，不发一言。仲澜回顾幼香，笑述《董青莲传》中语曰："主宾双玉有光，所谓月流堂户者非耶？"余量不胜蕉，姬偕坐碧梧庭院，饮以佳茗，絮絮述余家事甚悉。余讶诘之，低鬟微笑曰："识之久矣！前读君寄幼香之作，缠绵悱恻，如不胜情。今将远嫁，此君误之也，宜赋诗以志君过。"时幼香甫歌《牡丹亭·寻梦》一出，姬独含毫蘸墨，拂楮授余，余亦怦然心动，振管疾书曰：

休问冰华旧镜台，碧云日暮一徘徊。
锦书白下传芳讯，翠袖朱家解爱才。
春水已催人早别，桃花空怨我迟来。
闲翻张泌妆楼记，孤负莺期第几回？

却月横云画未成，低鬟拢鬓见分明。
枇杷门巷飘灯箔，杨柳帘栊送笛声。
照水花繁禁著眼，临风絮弱怕关情。
如何墨会灵箫侣，却遣匆匆唱渭城。

如花美眷水流年，拍到红牙共黯然。
不奈闲情酬浅盏，重烦纤手语香弦。
堕怀明月三生梦，入画春风半面缘。
消受珠栊还小坐，秋潮漫寄鲤鱼笺。

一剪孤芳艳楚云，初从香国拜湘君。
侍儿解捧红丝研，年少休歌白练裙。
桃叶微波王大令，杏花疏雨杜司勋。

关心明镜团栾约，不信扬州月二分。

姬读至末章，慨然曰："夙闻君家重亲之慈，夫人之贤，君辄有否无可，人或疑为薄幸，此皆非能知君者。堂上闺中终年抱恙，窥君郑重之意，欲得人以奉慈闱耳。"因即饯余诗曰：

烟柳空江拂画桡，石城潮接广陵潮。
几生修到人如玉，同听箫声廿四桥。

月落乌啼，霜浓马滑，摇鞭径去，黯然魂销。

湖阴独游，新绿如梦，啜茗看花，殊有春风人面之感。忽从申丈处得姬芳讯，倚阑循诵，纪之以诗曰：

二月春情水不如，玉人消息托双鱼。
眼中翠嶂三生石，袖底金陵一纸书。
寄向江船回棹后，写从妆阁上灯初。
樱桃花澹宵寒浅，莫遣银屏鬓影疏。

嗣是重亲惜韩香之遇，闺人契胜璚之才。搴芳结纕，促践佳约。余曰："一面之缘，三生之诺。必秉慈命而行，庶免唐突西子。"允庄曰："昨闻诸堂上云：'紫姬深明大义，非寻常金粉可比。申年丈不获与偕，蹇修之事，六一令君可任也。'"季秋入夕，乃挂霜帆。重阳渡江，风日清美。白下诸山，皆整黛鬟迎楫矣。

六一令君将赴之江新任，闻姬父母言姬雅意属余，倩传冰语，因先访余于丁帘水榭，诧曰："从来名士悦倾城，今倾城亦悦名士。联珠合璧，洵非偶然。余滞燕台久矣，今自三千里外捧檄而归，端为成此一段佳话尔。"余袖出申丈书示之，令君掀髯曰："父母之命，媒妁之言，足为蘼芜媚香一辈人扬眉生色矣。"既以姬素性端重，不欲余打桨亲迎，令君乃属其夫人，与姬母伴姬乘虹月舟连樯西下。小泊瓜洲，重亲更遣以香车画鹢迎归焉。

姬同怀十人，长归铁岭方伯，次归天水司马，次归汝南太守，次归清河观察，次归陇西参军，次归乐安氏，次归清河氏，次未字而卒，次归鸳湖大尹，姬则含苞最小枝也。蕙绸居士序余《梦玉词》曰："闻紫姬初归君时，秦淮诸女郎皆激扬叹羡，以姬得所归，为之喜极泪下，如董青莲故事。"渤海生《高阳台》词句有曰："素娥青女遥相妒，妒婵娟最小，福慧双修。"论者皆以为实录。姬亦语余云："饮饯之期，姻娅咸集。绿窗私语，佥有后来居上之叹。"其姊归清河氏者，为人尤放诞风流。偶与其嫂氏闰湘、玉真论及身后名，辄述李笠翁《秦淮健儿传》中语曰："此事须让十弟，我九人无能为也。"两行红粉服其诙谐吐属之妙。

吴中女郎明珠，偶有相属之说。安定考功戏语申丈曰："云生朗如玉山，所谓仙露明珠者，讵能方斯朗润耶？"告以姬事，考功笑曰："十全上工，庶疗相如之渴耳。"盖亦知姬行十，故以此相戏云。

余朗玉山房瓶兰，先茁同心并蒂花一枝，允庄曰："此国香之徵也。"因为姬营新室，署曰"香畹楼"，字曰"畹君"。余因赋《国香词》曰：

悄指冰瓯，道绘来倩影，浣尽离愁。回身抱成双笑，竟体香收。拥髻《离骚》倦读，劝搴芳人下西洲。琴心逗眉语，叶样娉婷，花样温柔。　　比肩商略处，是兰金小篆，翠墨初钩。几番孤负，赢得薄幸红楼。紫凤娇衔楚佩，惹莲鸿、争妒双修。双修漫相妒，织锦移春，倚玉纫秋。

一时词场耆隽，如平阳太守、延陵学士、珠湖主人、桐月居士皆有和作。畹君极赏余词，曰：“君特叔夏，此为兼美。”余素不工词，吹花嚼蕊，嗣作遂多。闺人请以《梦玉》名词，且笑曰：“桃李宗师，合让扫眉才子矣。”

闺中之戏，恒以指上螺纹验人巧拙。俗有一螺巧之说。余左手食指仅有一螺。紫姬归余匝月，坐绿梅窗下，对镜理妆。闺人姊妹戏验其左手食指，亦仅一螺也。粉痕脂印，传以为奇。重闱闻之，笑曰：“此真可谓巧合矣。”

莲因女士雅慕姬名，背摹“惜花小影”见贻，衣退红衫子，立玉梅花下，珊珊秀影，仿佛似之。时广寒外史有《香畹楼院本》之作，余因兴怀本事，纪之以词曰：

省识春风面，忆飘灯、琼枝照夜，翠禽啼倦。艳雪生香花解语，不负山温水软。况密字、珍珠难换。同听箫声催打桨，寄回文大妇怜才惯。消尽了紫钗怨。

歌场艳赌《桃花扇》。买燕支、闲摹妆额，更烦娇腕。抛却鸳衾兜凤舄，髻子颓云乍绾。只冰透、鸾绡谁管？记否吹笙蟾月底，劝添衣悄向回廊转。香影外，那庭院。

姬读之，笑授画册曰：“君视此影颇得神似否？”乃马月娇画兰十二帧，怀风抱月，秀绝尘寰。帧首题“紫君小影”四字，则其嫂氏闰湘手笔。是册固闰湘所藏，以姬归余为庆，临别欣然染翰，纳之女儿箱中者。余欲寿之贞珉，姬愀然曰：“香闺韵事，恒虑为俗口描画。”余乃止。

蔻香阁狂香浩态，品为花中芍药。尝语芳波大令曰：“姊妹花中如紫夫人者，空谷之幽芳也。色香品格，断推第一。天生一云公子非紫夫人不娶，而紫夫人亦非云公子不属，奇缘仙耦，郑重分明，实为天下银屏间人吐气。我辈飘花零叶，堕于藩溷也宜哉。”芳波每称其言，辄为叹息不置。

捧花生撰《秦淮画舫录》，以倚云阁主人为花首，此外事多失实，人咸讥之。余以公羁秣陵，仲澜招访倚云，一见辄呼余字曰："此服媚国香者也。"仲澜与余皆愕然。时一大僚震余名，遇事颇为所厄。后归以语姬，姬笑曰："大僚震君之名而挤君，倚云识君之字而企君，彼录定为花首也固宜。"

余受知于彭城都转，请于阁部节使，檄理真州水利，并以库藏三十七万责余司其出纳。余固辞不可，公愠曰："我知子猷守兼优，故以相托。有所避就，未免蹈取巧之习矣。"余曰："不司出纳，诚蹈取巧之习；苟司出纳，必蒙不肖之名。事必于私无染，而后于公有裨。此固由素性之迂拘，亦所以报明公知己之感也。"公察其无他，乃止。时自戟门归，已深夜，闺人方与姬坐香畹楼玩月。闺人诘知归迟之故，喜曰："君处脂膏而不润，足以报彭城矣。"姬曰："人浊我清，必撄众忌。严以持己，宽以容物，庶免牛渚之警乎。"余夫妇叹为要言不烦。

余旧撰《秦淮画舫录序》曰：仲澜属为捧花生《秦淮

画舫录》弁言，仓卒未有以应也。延秋之夕，蕊君招集兰语楼，焚香读画，垂帘鼓琴，相与低徊者久之。蕊君叩余曰：“媚香往矣。《桃花扇》乐府，世艳称之。如侯生者，君以为佳偶耶？抑怨偶耶？”余曰：“媚香却聘，不负侯生；生之出处，有愧媚香者多矣，然则固非佳偶也。”蕊君颔之。复曰：“蘼芜以妹喜衣冠，为湘真所拒，苟矢之曰：‘风尘弱质，见屏清流，愿蹈泖湖以终尔。’湘真感之，或不忍其为虞山所浼乎？”余曰：“此蘼芜之不幸，亦湘真之不幸也。横波侍宴，心识石翁；后亦卒为定山所误。坐让葛嫩武功，独标大节，弥可悲已。卿不见九畹之兰乎？湘人佩之而益芳，群蚁趋之而即败，所遇殊也。如卿净洗铅华，独耽词翰，尘弃轩冕，屣视金银，驵侩下材，齿冷久矣。然而文人无行，亦可寒心。即如虞山、定山、壮悔当日，主持风雅，名重党魁，已非涉猎词章，聊浪花月，号为名士者可比。卒至晚节颓唐，负惭红袖，何如杜书记青楼薄幸，尚不致误彼婵媛也。仆也古怀郁结，畴与为欢，未及中年，已伤哀乐。悉卿怀抱，旷世秀群。窃虑知己晨星，前盟散雪，母骄钱树，郎冒璧人。弦绝《阳春》之音，金迷长夜之饮。而木石吴儿，且将以不入耳之言，来相劝勉曰：‘使卿有身后名，不如生前一杯酒。’嗟乎！薰莸合器，臭味差池，鹣鲽同群，蹉跎不狎。语以古今，能无河汉哉?”蕊君沾巾拥髻，殆不胜情。余亦移就灯花，黯然罢酒。维时仲澜索序甚殷，蕊君然脂拂楮，请并记今夕之语。

夫白门柳枝，青溪桃叶，辰楼顾曲，丁帘醉花，江南佳丽，繇来尚已。迨至故宫禾黍，旧苑沧桑，名士白头，美人黄土，此余澹心《板桥杂记》所由作也。今捧花生际承平之盛，联裙屐之游，跌宕湖山，甄综花叶，华灯替月，抽觞擫笛之天：画舫凌波，拾翠眠香之地。南朝金粉，北里烟花，品艳柔乡，摅怀璚翰，澹心《杂记》，自难专美于前。窃谓轻烟澹粉间当有如蕊君其人者，两君试以斯文示之，并语以蘼芜媚香往事，不知有感于蕊君之言而为之结眉破粉否也？此一时伫兴之作，忽忽不甚记忆。追姬归余后，允庄谈次戏余曰：“君当日以他人酒杯，浇自己块垒。兴酣落笔，慨乎言之。苟至今日，敢谓秦无人耶?”茗妹曰：“兄生平佳遇虽多，然皆申礼防以自持，不肯稍涉苟且轻薄之行。今得紫君，天之报兄者亦至矣。”闺侣咸为首肯。

秋影主人，中年却扫，炉薰茗碗，拥髻微吟，花社灵光，出尘不染，后来之秀，赢崇礼焉。先是，香霓阁有随鸦之举，主人苦口箴之。闻姬属余，庆得所归，恒求识面。申丈介余修相见礼，笑曰："十君玉骨珊珊，迩应益饶丰艳耶？蕴珠抱璞，早审不凡。具此识英雄眼，尤为扫眉人生色矣。"归宣其言，姬为莞尔。

邗当要冲，冠盖云集。余自趋庭问绢，日鲜宁晷。堂上于奇寒深夜命姬假寐俟余，姬仍剪灯温茗，围炉端坐以待。诘晨复辨色理妆，次第诣长者起居。夙兴夜寐，历数年如 口焉。

姬将适余，偶与倚红、听春辈评次清容院本，或《香祖楼》警句，或赏《四弦秋》关目。姬独举《雪中人》"可人夫婿是秦嘉，风也怜他，月也怜他"数语，吟讽不辍。唐甥桂仙侍鬟改子笑曰："十姑此时固应心契此语！"金钗四座，赏为知言。余前年于役彭城，寄姬词有曰："蹋冰瘦马投荒驿，负了卿怜惜。累卿风雪忆天涯，休说可人夫婿是秦嘉。"盖指此也。嗣于下相道中寄姬词曰：

霜月当头圆复缺。跃马弯弓，那怪常离别。约了归期今又不，关山只忍无啼鴂。　　何事沾膺双泪热，帐下悲歌，竟未生同穴。忍与归时灯畔说，五更一骑冲风雪。

南州朱夫人为写《行香子》，晚翠庵主即书原词于上。姬每一捧诵，感泪弥衿，凄咽之音，如听柳绵芳草矣。

余幼涉韬钤，长延豪俊，然如清河君之忠义廉立者，颇不易觏。长白尚衣，锐欲治枭，禁暴除害，致书阁部。谓燕赵壮士，江淮异人，恩威部勒，非余莫任。余启阁部曰：“无恒产而有恒心者，惟士为能。鸡鸣狗盗之雄，为饥所驱，不知择业，铤而走险，患莫大焉。广庇博施，知有不逮，然能储一有用之材，即可弭一无形之祸。”阁部深嘉是言，且曰：“即以禽枭而论，以毒攻毒，兵法亦当如是也。忠信所格，景响孔殷。”姬曰：“鹰飞好杀，龙性难驯，胆大心细，愿味斯言。”且以余驭下少严，渊鱼廪鼠察诘不祥，怡词巽语，时得韦弦之助云。

淮南以浚河停运，余请于堂上，创为移捆之议，节使与彭城公，咸庆安枕，真州贤士，歌诗以侈美之。归逼岁除，颇形闷损。姬曰："储课乂民，颂声洋溢。残年风雪，不负此行，那有辜负香衾之憾?"

芜城绮节，慈命设宴璧月楼前。姬偕闺侣，香阶侠拜。更解绾臂怜爱缕，遣鬟密置鸱吻。吾杭谓刍尼衔以成梁，可渡星河灵匹也。萼姊戏裁冰縠绘并头兰桂畀姬，向月绣之，镂金错采，巧夺针神。余巾箱检玩，珍逾蔡氏金梭矣。

癸未仲春，太夫人患病危亟，姬辄焚香告天，愿以身代。余时奉檄驻工，星夜驰归，祷于太平桥元化先生祠，赐方三剂而愈。姬因代余持观音斋，以报春晖，至殁不替。

姬与余情爱甚挚，而耻为忮嫉之行，是以香影阁赠余鬟花绡帕，香霏阁赠余冰纨柰佩，秋雯阁赠余瓜瓤绣缕，姬皆什袭藏之。又香霏阁寄余雕笼蝈蝈一枚，姬尤豢爱不释，曰："窥墙掷果，皆属人情。苟非粉郎香掾，又谁过而问之者?"

余取次花丛，屡为摩登所摄。爰赋《柳梢青》词以谢之曰：

曳雪牵云，玉笼鹦鹉，唤掩重门。曲曲回阑，疏疏帘影，也够销魂。愁看照眼浓春，添多少香痕泪痕。默默寻思，生生孤负，无数黄昏。　　休蹙双蛾，鬘鬘华倩影，好伴维摩。娇倚香篝，话残银烛，闲煞衾窝。更无人唱回波，只怕惹情多恨多。叶叶花花，鹣鹣鲽鲽，此愿难么？

允庄曰："风流道学，不触不背，当是众香国中无上妙法。"姬曰："飘藩堕溷，千古伤心。君能现身接引，亦是情天善果。"余曰："安得金屋千万间，大庇天下美人皆欢颜耶?"姬亦为之辗然。

余以乌鸟之私，惧官远域，牛马之走，历著微劳。黄扉辱国士之知。丹诏沐勤能之谕，纶音甫逮，吏议随之，絜养衔恩，未甘废弃。长途冰雪，小队弓刀，急景凋年，重尝艰险。维时允庄忽染奇疾，淹笃积旬。姬乃鸡鸣而起，即诣环花阁褰帷问夜来安否。亲为涂药进匕后，始理膏沐。扶持调护，寝馈俱忘。语余世母谯国太君曰："夫人贤孝，闺中之曾、闵也。设有不讳，必重伤堂上心，而贻夫子忧。稽首慈云，妾愿以身先之尔。”余时寄迹于东阳参军绛云仙馆，曾附书尾寄以近词曰：

年来饱识江湖味，今番怎添凄惋。远树薶烟，残鸦警雪，人在黄昏孤馆。更长梦短，便梦到红楼，也防惊转。雁唳霜空，故乡何事尺书断？　　书来倍萦别恨，道闺人小病，罗带新缓。茗火煎愁，兰烟抱影，不是卿卿谁伴？怜卿可惯，况一口红霞，黛蛾慵展。漫忆扬州，断肠人更远。

姬时已得咯血症，讳疾不言，渐致沉笃。余以定省久暌，勾当粗毕，醉司命夕，风雪遄归，而姬已骨瘦香桃，恹恹床蓐矣。

余自吏议不得留江后，姬曰：“君此后江湖载酒，宜预留心一契合之人。”余诘其故，曰：“君为尊亲所屈，奉檄色喜，自断不忍远离膝下。但今既有此中沮，或者改官远省，太夫人既惮长途，不能就养，夫人又以多病不去，我何忍侍君独行？且寒暑抑搔，晨昏侍奉，留我替君之职，即以摅君之忧。至君之起居寒暖，必得一解事者悉心护君，虽千山万水，吾心慰矣。”此姬自上年十月以来，屡屡为余言之者。孰知黄花续命之言，即为紫玉成烟之谶哉！

蓉湖施生，隐于阛阓，掷六木以决祸福，闻有奇验。余就卜流年休咎，生曰：“他事甚利，惟不免破镜之戚。”问能解否，曰：“小星替月可解也。”更请其他，曰：“嘒彼三五，或免递及之祸。”时平阳中翰自淮南来，为姬推算，亦如生言。爰就邻觋陇西氏占之，曰：“前身是香界司花仙史，艳金玉之缘，遂为《法华》所转。爱缘将尽，会当御风以归尔。”允庄闻之，亟请于堂上，为余量珠购艳，以应施生之说。余曰：“新人苟可移情，辄使桃僵李代，拊心自问，已觉不情。设令胶先续断，香不返魂，长留薄幸之名，莫雪向隅之恨，更非我之所愿，又岂卿之所安哉？”允庄曰：“然则如何而后可？”余曰：“姬素恋切所生，恒见望云兴叹。还珠益算，此诚日者无聊之极思。然其徙倚绵延，屡烦慈顾，每与言及，涕泗不安，曷以归省之计，为伊却病之方乎？”允庄颔之。乃为请于重闱，整装以定归计焉。

四月下浣五日，太夫人雪涕命余曰："紫姬以归省之计，为却病之方，果如所言，实为至愿。惟值江风暑雨，实劳我心。汝可祷之于神，以决行止。"余因祷于武帝庙，其签诗曰："贵人相遇水云乡，冷淡交情滋味长。黄阁开时延故客，骅骝应得骋康庄。"太夫人见有骅骝康庄之语，以为道路平安，乃许归省。孰知三槐堂中，西偏楹帖，大书深刻曰："康庄骥足蹑青云。"而姬殁后，榇停适当其处。开我西阁门，坐我绿阴床，事后追思，如梦如幻，神能知之而不能拯之，岂苍苍定数，竟属万难挽回哉？

紫姬行后，允庄寄以诗曰：

梅雨丝丝暗画楼，玉人扶病上扁舟。
钏松皓腕香桃瘦，带缓纤腰弱柳柔。
五月江声流短梦，六朝山色送新愁。
勤调药裹删离恨，好寄平安水阁头。

紫姬依韵和之，并呈太夫人诗曰：

风雨经春怯倚楼，空江如梦送归舟。
绵绵远道花笺寄，黯黯临歧絮语柔。
闺福难消悲薄命，慈恩未报动深愁。
望云更识郎心苦，月子弯弯系两头。

允庄又寄余诗曰：

问君双桨载桃根，残月空江第几村。
淡墨似烟书有泪，远天如水梦无痕。
晚风横笛青溪阁，新柳藏鸦白下门。
更忆婵嫣支病骨，背灯拥髻话黄昏。

余依韵和之曰：

情根种处即愁根，纱浣青溪别有村。
伴影带馀前剩眼，捧心镜浥旧啼痕。
江城杨柳宵闻笛，水阁枇杷昼掩门。
回首重闱心百结，合欢卿独奉晨昏。

曹小琴女史读之叹曰：“此二百二十四字，是君家三人泪珠凝结而成者。始知《别赋》、《恨赋》未是伤心透骨之作。”

余于严慈抱恙，每祷元化先生祠辄应，盖父母之疾可以身代，愚诚所结。先生其许我也。姬人之恙，或言客感未清，积勤成瘵，早投峻补，误于凡医之手。然求方之事，余又迟回不敢行。六月十三日夜，姬忽坚握余手曰：“君素爱恋慈帷，苟不畏此简书，从无浪迹久羁之事。今来省垣者匝月矣，阁部叙勋之奏，昨日已奉恩纶，指日北行，亟宜归省。妾病已深，难期向愈，支离呻楚，徒怆君心。愿他日一纸书来，好收吾骨以归尔。”余时甫得大人安报，因慰之曰：“子之贤孝，上契亲心，来谕命为加意调治，以期痊可偕归。明日当为子祷于小桃源元化先生祠，冀得一当，以纾慈廑。”姬泣曰：“拜佛求仙，累君仆仆，吾未知所以报也。”次日祷之，未荷赐药。次日又以姬之生平具疏上达，愿减微秩，以丐余生，俾侍吾亲，谓先生其亦许我耶？始荷赐以五色豆等味，自此遂旦旦求之。至十八日晚，得大人急递书，知太夫人客感卧床，姬亟呼郑、李两妪尽力扶倚隐囊，喘息良久，甫言曰：“妾病已可起坐，君宜遄归省亲，勿更以妾为念。”言际清泪栖睫，更无一言，反面贴席，若恐重伤余心者。余时心曲已乱，连泣颔之。晨光熹微，策单骑出朝阳门。伤哉此日，遂为永诀之日矣！

余于二十二日抵苏。太夫人之恙，幸季父治少痊。惟头目岑岑，迷眩五色。余急祷于西米巷元化先生祠，赐服黄菊花十朵，遂无所苦。太夫人询姬病状，知在死生呼吸之际，命余即行。余以慈恙甫愈，请少留。至二十六夜，姬恩抚女桂生惊啼曰：“娘归矣！”询之，曰：“上香畹楼去矣！”太夫人疑为离魂之征也，陨涕不止。余再四劝慰，太夫人曰：“紫姬厌弃纨绮，宛然有林下风，湖绵如雪，则其所心爱也。年来侍我学制寒衣，缝纫熨贴，宵分不倦，我每顾而怜之。”因属世母谯国太君、庶母静初夫人、萼姊、茗妹辈为姬急制湖绵衣履。顾余曰：“俗有冲喜之说，汝可携去。能如俗说，留姬侍我，此如天之福也。”至七月朔日，得姬二十八日寄书，殷念北堂病状，并遍询长幼起居。举室传观，方以无恙为慰。初三制衣甫毕，堂上促余遄行。伏雨阑风，征途迢滞。初六触炎登陆，曛黑入门。家人兮憧惶，嫂侄兮含悲。易锦茵以床垂兮，代罗帱以素帷。魂飞越而足趦趄兮，心震骇而肝肠摧。抚玉琴之在御兮，瞻遗挂之在壁。怼琼蕊之无征兮，恨朝霞之难挹。萃湫风以酸滴兮，涉遐想兮仿佛。太原翁姥流涕告余曰：“儿于初四戌刻，不及待公子而遽去矣。”呜呼！迟到两朝，缘悭一面，抚棺长恸，痛如之何！

姬之逝也，太原翁姥专傔至苏，余于中途相左，至十二日傔自苏归。赍奉大人慈谕曰：“七夕得三槐书，知紫姬遽然化去，重闱以次，无不悲悼。且屈指汝到相距两日，未必及视其敛，尤为伤心之事。携去衣履，想已不及附棺。汝母云是所心爱，可焚与之。汝一切料量安妥后，即载其榇回苏，暂厝虎山后院，俾依汝祖灵以居。今冬恭建先茔，当并挈之以归尔。渠四年中贤孝尽职，群无间言。去冬侍汝妇之疾，尤属不辞况瘁。至其淡泊宁静，夙为汝祖所称赏。今得首从先人于九京，在渠当亦无憾。汝母方为作小传，静初、允庄等皆有哀词。汝宜爱惜身心，报以笔墨，俾与蒨桃、朝云并传，当亦逝者之心也。”呜呼！我堂上慈爱之心，无微不至，开函捧诵，感激涕零。畀太原举家读之，莫不凄感万状。余因恭录一通，并衣履焚之灵次。呜呼紫姬，魂魄有知，双目其可长瞑矣！

姬发长委地，光可鉴人，指爪皆长数寸，最自珍惜。每有操作，必以金弧护之。弥留之际，郑媪为理遗发，令勿轻弃，更倩闰湘尽翦长爪，并藏翠桃香盒中。闰湘曰："留以遗公子耶？"含泪点首者再。叩其遗言，曰："太夫人爱我甚至，起居既安，必命公子复来，惜我缘已尽，不能少待为恨尔。"

太夫人素性畏雷，余与允庄、紫姬每逢夏夜风雨，辄急起整衣履，先后至太夫人房中，围侍达旦。今年七月三夕，姬病卧碧梧庭院，隐闻雷声，辄顾李媪等曰："恨我远离，不能与主人同侍太夫人尔。"未及周辰，遽尔化去。病至绵惙，而其爱恋吾亲若此，悲哉痛哉！

允庄闻姬凶耗，寄余书曰："姬之抚恩女桂生，已奉慈命为持三年之服。至其平日爱抚孝先，无异所生，业为持服。如有吊者，应报素柬，亦已请命堂上，可书'嫡子孝先稽颡'云云。"并寄挽联曰：

四年来孝恭无忝，偏教玉碎香销，愚夫妇触境心酸，遗憾千秋，岂独佳人难再得

两月中消息虽通，只恨山遥水远，慈舅姑倚闾望切，芳魂一缕，愿偕公子早同归

同人叹为情文相生，面面俱到。芳波大令曰：“素柬以嫡子署名，吾家庶大母之丧，先大父太守公曾一行之。今君家出自堂上及大妇之意，尤为毫发无憾。”

金沙延陵女史，工诗善画，秀笔轶伦。所得润笔之资，以赡老母幼弟。尤工剑术，韬晦不言。人以黄皆令、杨云友一流目之，不知为红线、隐娘之亚也。病中闻紫姤之耗，寓书于余，发函伸纸，上书“萼绿华来无定所，杜兰香去未移时”一联。跋曰：“紫湘仁妹，蕙心纨质，旷世秀群。余每见于芜城官舍，爱不忍去。曾仿月娇遗迹，画兰十二帧，以作美人小影。今闻彩云化去，不觉清泪弥襟。以妹之孝恭无忝，具详允庄大妹所撰挽联。人不间于高堂大妇之言，无俟再下转语。爰书玉溪生句，俾知慧业生天，以摅云弟梨云之感。此于《香祖楼》后又添一重公案矣。”又

一行曰："姊以病中腕怯，不得纵笔作书，可觅一善书者捉刀为幸。"余因倩汝南探花仿簪花妙格，书之吴绫，张诸座右。此与昭云夫人篆书《林颦卿葬花诗》以当薤露者，可称双绝。

词坛耆隽，赢锡哀词，摅余怆情，美不胜屈。至挽联之佳者，犹记扶风观察云：

别梦竟千秋，金屋昙花逢小劫

招魂刚七夕，玉箫明月认前身

巢湖太守云：

司马湿青衫，盖世奇才，那识恩情还独至

修蛾归碧落，毕生宠遇，从知福慧已双修

高平都转云：

玉帐佩麟符，曾见潞州传记室

兰台抛凤管，空教司马忆清娱

清河观察云：

倚玉搴芳，记伊人琼树雁行，花叶江东推独秀

叱鸾靡凤，送吾弟金闺鹗荐，风沙冀北叹孤征

渤海令君云：

迎来鸾扇女，美前程月满花芳，奈银屏月缺花残，憔悴煞镜里情郎，画中爱宠

归去鹊桥仙，生别离山迢水递，赖锦字山温水软，圆成了人间艳福，天上奇缘

渤海清河两君，有蹇修葭莩之谊，抚今悼昔，故所言尤为亲切。

及见申丈挽联云：

公子固多情，也为伊四载贤劳，不辞拜佛求仙，欲把精虔回造化

佳人真有福，堪美尔一堂宠爱，都作香怜玉惜，足将荣遇补年华

佥曰：“离恨天中，发此真实具足语。白甫此笔，真有炼石补天之妙。”又鹅湖居士用余丙子年题铁云山人无题旧作“昙花妙谛参居士，香草离骚吊美人”之句，书作挽联，既见会心，又添诗谶，钗光钏响，触拨潸然。

姬疾革夜，语其季嫂缪玉真曰：“我仗佛力归去，当无所苦。公子悼我，第请以堂上为念，扶持调护，宜觅替人。公子必义不忘我，皈向者要不乏人耳。”玉真泣陈如此，余方凄感欲绝，鸿消鲤息，洵有如姬所云者乎？紫姬来去湛然，解脱爱缘，逍遥极乐，幸勿以鄙人为念。所悲吾亲无人侍奉，所喜吾儿渐已长成，承重荫之孔长，冀门祚之可寄。余则心芽不茁，性海无波，且愿生生世世弗作有情之物矣。

余自姬逝后，仍下榻碧梧庭院。翠桃香盒，泣置枕函。

空床长簟，冀以精诚致之。然鳏目炯炯，恒至向晨，虽有鸿都、少君之术，似亦未易措置也。犹忆七月四日兰陵舟夜，梦姬笑语如平时。寤后纪以词曰：

喜见桃花面。似年时、招凉待月，竹西池馆。豆蔻香生新浴后，茉莉钗梁暗颤，恰小试玉罗衫软。照水芙蓉迷艳影，问鸳鸯甚日双飞惯？低首弄，白团扇。

星河欲曙天鸡唤，乍惊心、兰舟听雨，翠衾孤展。重剪银灯温昔梦，梦比蓬山更远，怎醒后莲筹偏缓。谩讶青衫容易湿，料红绡早印啼痕满。荒驿外，五更转。

时堂上属瑯琊生偕行，读之叹曰："此种笔墨，无论识与不识，皆知佳绝，惟觉凄惋太甚耳。"余亦嗒然。孰知兰陵入梦之期，即秣陵离尘之夕。帐中环瑕，是耶非耶？其来也有自，其去也又何归耶？肠回目极，心酸泪枯。姬倘有知，亦当呜咽。

姬素豢狸奴名瑶台儿，玉雪可念。余初访碧梧庭院，辄依余宛转不去。姬酒半偶作谐语，闰湘纪以小词曰“解事雪狸都爱你，眠香要在郎怀里”者是也。洎姬归省，闰湘犹引前事相戏。姬逝后，瑶台儿绕棺悲鸣，夜卧茵次。噫嘻！物犹如此，余何以堪！

姬冰雪聪明，靡不淹悟，类多韬匿不言。先大父奉政公夙精音律，藻夏兰宵，季父恒约僚客于玉树堂，坐花觞月，按谱征歌。奉政公北窗跂脚，顾而乐之。芙蓉小苑，花影如潮，一抹银墙，笛声隐隐。姬遥度为某阕某误，按之不爽累黍。邗江乐部，夙隶尚衣，岁费金钱亿万计，以储钧天之选，吴伶负盛名者咸骛焉。试灯风里，选客称觞，火树星桥，鱼龙曼衍，五音繁会，芳菲满堂。余于深宵就舍，询姬今日搬演佳否，姬辄微笑不言。盖太夫人素厌喧嚣，围炉独酌，姬虞孤寂，卷袖侍旁，虽慈命往观，低徊不去，以是彻夜笙歌，未尝倾耳寓目。余今后闻乐搊心，哀过山阳邻笛矣。

姬如出水芙蓉，不假雕饰，当春杨柳，自得风流。太夫人恒太息曰：“韶颜稚齿，素服澹妆，秀矣雅矣，然终非所宜也。”壬午初夏，棼尾娇春，将侍祖太君为红桥之游。

萼姊、苕妹辈争为开奁助妆。璧月流辉，朝霞丽彩，珠襦玉立，艳若天人。陇西郡侯眷属，时亦乘钿车来游，遇于篆园花际，争讶曰：“西池会耶？南海游耶？彼奇服旷世，骨象应图者，当是采珠神女，步蘅薄而流芳也。”计姬归余四年，见其新妆炫服，只此一朝而已。罗襟剩粉，绣袜余香，金翠从残，览之陨涕。

姬最爱月，尤最爱雨。尝曰：“董青莲谓月之气静，不知雨之声尤静。笼袖熏香，垂帘晏坐檐花落处，万念俱忘。”余因赋《香畹楼坐雨诗》曰：

> 剪烛听春雨，开帘照海棠。
> 玉壶销浅酌，翠被羃余香。
> 恻恻新寒重，沉沉夜漏长。
> 宛疑临水阁，无那近斜廊。

清福艳福此际消受为多。今春《香畹楼坐月词》则曰：

> 蟾漪浣玉，人影天涯独。镜槛妆成调钿粟，应减

旧时蛾绿。　　归来梦断关山，卷帘瞑怯春寒。谁信黛鬟双照，一般孤负阑干。

又《香畹楼听雨词》曰：

梦回鸳瓦疏疏响，灯影明虚幌。争禁此夜客天涯，细数番风况近玉梅花。　　比肩笑向巡檐索，怕见檐花落。伤春人又病恹恹，拚与一春风雨不开帘。

萧黯之音，自然流露。云摇雨散，邈若山河。从此雨晨月夕，倚枕凭阑，无非断肠之声，伤心之色矣。

余以樗散之材，受知于阁部河帅、节使都转暨琅玡、延陵两观察，河渠戎旅，不敢告劳，然出门一步，惘惘有可怜之色。迨过香巢，益萦别绪，凄怀酿结，发为商音。犹忆壬午初秋，下榻碧梧庭院，寄姬《芜城词》曰：

新涨石城东，雪聚花浓。回潮瓜步动寒钟。应向秋江弹别泪，长遍芙蓉。　　金翠好房栊，燕去梁空。

窗开偏又近梧桐，叶叶声声听不得，错怪西风。

又于纫秋水榭对月寄词曰：

深闺未识家山路，凄凄夜残风晓。雾湿湘鬟，寒禁翠袖，曾照银屏双笑。红楼树杪。怕隐隐迢迢，梦云难到。万一归来，屋梁霜霁画帘悄。　　凭阑愁见雁字，问书空寄恨，能寄多少？水驿灯昏，江城笛脆，丝鬓催人先老。团栾最好。况冷到波心，竹西秋早。待写修蛾，二分休瘦了。

香影阁主人读之，怃然有间，曰："此时此际，月满花芳，偶尔分襟，怆怀如许，阳关二叠，《河满》一声，恻恻动人，声声入破。用心良苦，其如凄绝何？"余初出于不自觉，闻此乃深悔之。濒年断梗，转服空花，影事如尘，愁心欲碎。玉溪句云："此情可待成追忆，只是当时已惘然。"霜纨印月，锦瑟凝尘，断墨丛烟，益增碎琴焚研之恨。

余去秋留江，姬喜动颜色，曰："妾积思一见老亲，并扫生母之墓。君今晋省应官，堂上命妾侍行，得副夙怀，虽死无憾。”余讶其不祥，乱以他语。会先大父奉政公病，余侍侧不忍遽离。幕僚佥言：“既受节相河帅厚恩，亟宜谒谢。”姬曰：“两公当代大贤，以君为天下奇才，登之荐牍，此其储才报国之心，非欲识面台官，拜恩私室者。且君以侍重亲之疾，迟迟吾行，又何歉焉。”嗣奉政公以江淮苦涝，宜效驰驱，促余挂帆。溯江西上。阁部审知奉政公寝疾，仍允告归。姬曰：“吾闻圣人以孝治天下。阁部锡类之心，洵非他人所及也。”嗣此半月，姬与余随同诸大人侍奉汤药。姬独持澹斋，不食盐豉，焚香祷佛。奉政公卒以不起。然此半月中，余得随侍汤药，稍展乌私，皆阁部之所赐也。八月下浣，余遽被议。九月中旬，举室南还，而姬归省扫墓之愿知不克践。既痛奉政公之见背，又复感念生母，人前强为欢笑，夜分辄呜咽不已。十月中，余又奉檄，涉江历淮，姬独侍大妇之疾。半载以来，几于茹冰食蘖。呜呼！伤心刺骨之事，庸讷者尚难禁受，况兹袅袅亭亭，又何能当此煎迫哉！

七月二十日，与客坐纫秋水榭，恭奉太夫人慈训曰：

“紫姬之逝，使人痛绝，伤心吊影，汝更可知。以汝素性仁孝，于悲从中来之际，想自能以重慈与我两老人为念。寄去姬传一篇，据事直书，不计工拙，聊摅吾痛。无侈无饰，当之者亦无愧色也。”谨展另册视之，洋洋将二千言，泪眼迷离，不忍卒读。时玉山主人、鹅湖居士在座，叹曰：“紫君贤孝宜家，不知者或疑君抱过情之痛。今读太夫人此传，始知君之待姬，洵属天经地义，实姬之懺行有以致之尔。”蕙绸居士曰：“紫姬之贤孝，堂上之慈爱，至性凝结，发为至文，是宇宙间有数文字。紫君得此，可以无死。国朝以来，姬侍中一人而已。”呜呼紫姬！余撰忆语千言万语，不如太夫人此作，实足俾汝不朽。郁烈之芳，出于委灰；繁会之音，生于绝弦。彤管补《静女》之徽，黄绢铭幼妇之石。呜呼紫姬！魂其慰而，而今而后，余其无作可也！

秋灯琐忆

秋灯琐忆

道光癸卯闰秋，秋芙来归。漏三下，臧获皆寝。秋芙绾堕马髻，衣红绡之衣，灯花影中，欢笑弥畅，历言小年嬉戏之事。渐及诗词，余苦木舌挢不能下，因忆昔年有传闻其初冬诗云“雪压层檐重，风欺半臂单”，余初疑为阿翘假托，至是始信。丁时桂帐虫飞，倦不成寐，盆中素馨，香气滃然，流袭枕簟。秋芙请联句，以观余才，余亦欲试秋芙之诗，遂欣然诺之。余首赋云：“翠被鸳鸯夜，”秋芙续云：“红云蚬蠼楼。花迎纱幔月，”余次续云：“人觉枕函秋。”犹欲再续，而檐月暧斜，邻钟徐动，户外小鬟已喁喁来促晓妆矣。余乃阁笔而起。

数日不入巢园，阴廊之间，渐有苔色，因感赋二绝云：“一觉红蕤梦，朝来记不真。昨宵风露重，忆否忍寒人?”

“镜槛无人拂，房栊久不开。欲言相忆处，户下有青苔。”时秋芙归宁三十五日矣。群季青绫，兴应不浅，亦忆夜深有人，尚徘徊风露下否？

秋芙之琴，半出余授。入秋以来，因病废辍。既起，指法渐疏，强为理习，乃与弹于“夕阳红半楼上”。调弦既久，高不成音，再调，则当五徽而绝。秋芙索上新弦，忽烟雾迷空，窗纸欲黑。下楼视之，知雏鬟不戒，火延幔帷，童仆扑之始灭。乃知猝断之弦，其谶不远，况五，火数也，应徽而绝，琴其语我乎？

秋芙以金盆捣戎葵叶汁，杂于云母之粉，用纸拖染，其色蔚绿，虽澄心之制，无以过之。曾为余录《西湖百咏》，惜为郭季虎携去。季虎为余题《秋林著书图》云：“诗成不用苔笺写，笑索兰闺手细钞”，即指此也。秋芙向不工书，自游魏滋伯、吴黟山两丈之门，始学为晋唐格。惜病后目力较差，不能常事笔墨，然间作数字，犹是秀媚可人。

夏夜苦热，秋芙约游理安。甫出门，雷声殷殷，狂飙疾作。仆夫请回车，余以游兴方炽，强趣之行。未及南屏，而黑云四垂，山川瞑合。俄见白光如练，出独秀峰顶，经天丈馀，雨下如注，乃止大松树下。雨霁更行，觉竹风骚骚，万翠浓滴，两山如残妆美人，蹙黛垂眉，秀色可餐。余与秋芙且观且行，不知衣袂之既湿也。时月查开士主讲理安寺席，留饭伊蒲，并以所绘白莲画帧见贻，秋芙题诗其上，有“空到色香何有相，若离文字岂能禅”之句。茶话既洽，复由杨梅坞至石屋洞，洞中乱石排拱，几案俨然。秋芙安琴磐磴，鼓《平沙落雁》之操。归云滃然，涧水互答，此时相对，几忘我两人犹生尘世间也。俄而残暑渐收，暝烟四起，回车里许，已月上苏堤杨柳梢矣。是日，屋漏床前，窗户皆湿，童仆以重门锁扃，未获入视，俟归，已蝶帐蚊橱，半为泽国，呼小婢以筠笼熨之，五鼓始睡。

秋芙喜绘牡丹，而下笔颇自矜重。嗣从老友杨渚白游，活色生香，遂入南田之室。时同人中寓余草堂及晨夕过从者，有钱文涛、费子苕、严文樵、焦仲梅诸人，品叶评花，弥日不倦。既而钱去杨死，焦、严诸人，各归故乡。秋芙亦以盐米事烦，弃置笔墨。惟余纨扇一枚，犹为诸人合画之笔，精神意态，不减当年，暇日观之，不胜宾朋零落之感。

桃花为风雨所摧，零落池上，秋芙拾花瓣砌字，作《谒金门》词云："春过半，花命也如春短。一夜落红吹渐满，风狂春不管。""春"字未成，而东风骤来，飘散满地，秋芙怅然。余曰："此真个'风狂春不管'矣！"相与一笑而罢。

余旧蓄一绿鹦鹉，字曰"翠娘"，呼之辄应。所诵诗句，向为侍儿秀娟所教。秀娟既嫁，翠娘饮啄常失时，日渐憔悴。一日，余起盥沐，闻帘外作细语声，恍如秀娟声吻，惊起视之，则翠娘也。杨枝去数月矣，翠娘有知，亦忆教诗人否？

秋芙每谓余云："人生百年，梦寐居半，愁病居半，襁褓垂老之日又居半，所仅存者，十一二耳；况我辈蒲柳之质，犹未必百年者乎？庾兰成云：'一月欢娱，得四五六日。'想亦自解语耳。"斯言信然。

平生未作百里游。甲辰娥江之役，秋芙方病寒疾，欲更行期，而行装既发，黄头促我矣。晚渡钱江，飓风大作，隔岸越山，皆低鬟敛眉，郁郁作相对状，因忆子安《滕王阁序》云："天高地迥，觉宇宙之无穷；兴尽悲来，识盈虚之有数。"殊觉此身茫茫，不知当置何所。明河在天，残灯荧荧，酒醒已五更时矣。欲呼添衣，而罗帐垂垂，四无人应，开眼视之，始知此身犹卧舟中也。

秋月正佳，秋芙命雏鬟负琴，放舟两湖荷芰之间。时余自西溪归，及门，秋芙先出，因买瓜皮迹之，相遇于苏堤第二桥下。秋芙方鼓琴作《汉宫秋怨》曲，余为披襟而听。斯时四山沉烟，星月在水，琤瑽杂鸣，不知天风声环珮声也。琴声未终，船唇已移近漪园南岸矣。因叩白云庵门，庵尼故相识也。坐次，采池中新莲，制羹以进。香色清冽，足沁肠腑，其视世味腥膻，何止薰莸之别。回船至段家桥，登岸，施竹簟于地，坐话良久。闻城中尘嚣声，如蝇营营，殊聒人耳。桥上石柱，为去年题诗处，近为蠔衣剥蚀。无复字迹。欲重书之，苦无中书。其时星斗渐稀，湖气横白，听城头更鼓，已沉沉第四通矣，遂携琴刺船而去。

余莲村来游武林，以惠山泉一瓮见饷。适墨俱开士主讲天目山席，亦寄头纲茶来。竹炉烹饮，不啻如来滴水，遍润八万四千毛孔，初不待卢仝七碗也。莲村止余草堂十有余日，翦烛论文，有逾胶漆。惜言欢未终，饥为驱去。树云相望，三年于兹矣。常忆其论吴门诸子诗，极称觉阿开士为闻见第一，觉阿以名秀才剃落佛前，磨砖十年，得正法眼藏。所居种梅三百余本，香雪满时，趺坐其下，禅定既起，间事吟咏。有《咏怀诗》云："自从一见《楞严》后，不读人间糠粕书。"昔简斋老人论《华严经》云："文义如一桶水，倒来倒去。"不特不解《华严》，直是未见《华严》语。以视觉阿，何止上下床之别耶！惜未见全诗，不胜半偈之憾。闻莲村近客毗陵，暇日当修书问之。

夜来闻风雨声，枕簟渐有凉意。秋芙方卸晚妆，余坐案傍，制《百花图记》未半，闻黄叶数声，吹堕窗下。秋芙顾镜吟曰："昨日胜今日，今年老去年。"余怃然云："生年不满百，安能为他人拭涕！"辄为掷笔。夜深，秋芙思饮，瓦吊温暾，已无余火，欲呼小鬟，皆蒙头户间，为趾离召去久矣。余分案上灯置茶灶间，温莲子汤一瓯饮之。秋芙病肺十年，深秋咳嗽，必高枕始得熟睡。今年体力较强，拥髻相对，常至夜分，殆眠餐调摄之功欤？然人秋犹末数日，未知八九月间更复何如耳。

余为秋芙制梅花画衣，香雪满身，望之如绿萼仙人，翩然尘世。每当春暮，翠袖凭栏，鬓边蝴蝶，犹栩栩然不知东风之既去也。

扫地焚香，喻佛法耳，谓如此即可成佛，则值寺阇黎，已充满极乐国矣。秋芙性爱洁，地有纤尘，必亲事箕帚。余为举王栖云偈云："日日扫地上，越扫越不净。若要地上净，撇却苕帚柄。"秋芙卒不能悟。秋芙辨才十倍于我，执于斯者，良亦积习使然。

余居湖上十年，大人月给数十金，资余盐米。余以挥霍，每至匮乏，夏葛冬裘，递质递赎，敝箧中终岁常空空也。曾赋诗示秋芙云："一寒至此怜张禄，再拥无由惜谢耽。箧为频搜卿有意，裈犹可挂我何惭。"纪实也。

丁未冬，伊少沂大令课最北行，余饯之草堂，来会者二十余人。酒次，李山樵鼓琴，吴康甫作擘窠书，吴乙杉、杨渚白、钱文涛分画四壁，馀或拈韵赋诗，清谈瀹茗。惟施庭午、田望南、家宾梅十馀人，踞地赌霸王拳，狂饮疾呼，酒尽数十觥不止。是夕，风月正佳，余留诸人为长夜饮。羊灯既上，洗盏更酌，未及数巡，而呼酒不至。讶询秋芙，答云："瓶罍罄矣。床头惟馀数十钱，余脱玉钏换酒，酒家不辨真赝，今付质库，去市远，故未至耳。"余为诵元九"泥他沽酒拔金钗"诗，相对怅然。是集得诗数十篇，酒尽八九瓮，数年来文酒之乐，于斯为盛。自此而后，纵迹天涯，云萍聚散，余与秋芙亦以尘事相羁，不能屡为山泽游矣。

秋芙素不工词，忆初作《菩萨蛮》云："莫道铁为肠，铁肠今也伤。"造意尖新，无板滞之病。其后余游山阴，秋芙制《洞仙歌》见寄，气息深稳，绝无疵颣，余始讶其进境之速。归后索览近作，居然可观，乃知三日之别，固非昔日阿蒙矣。昔瑶花仙史降乩巢园，目秋芙为昙阳后身，观其辨才，似亦可信。加以长斋二十年，《楞严》、《法华》熟诵数千卷，定而生慧，一指半偈，犹能言下了悟，况区区文字间乎！昔人谓"书到今生读已迟"，余于秋芙信之矣。

秦亭山西去二十里，地名西溪，余家槐眉庄在焉。缘溪而西，地多芦苇，秋风起时，晴雪满滩，水波弥漫，上下一色。芦花深处，置精蓝数椽，以奉瞿昙，曰“云章阁”。阁去庄里馀，复涧回溪，非苇杭不能到也。时有佛缘僧者，居华坞心斋，相传戒律精严，知未来之事。乙巳秋，余因携秋芙访之，叩以面壁宗旨，如瞶如聋，鼻孔撩天，曷胜失笑。时残雪方晴，堂下绿梅，如尘梦初醒，玉齿粲然。秋芙约为永兴寺游，遂与登二雪堂，观汪夫人方佩书刻。还坐溪上，寻炙背鱼，翦尾螺，皆颠师胜迹！明日更游交芦、秋雪诸刹，寺僧以松萝茶进，并索题《交芦雅集图卷》。回船已夕阳在山，晚钟催饭矣。霜风乍寒，溪上澄波粼粼，作皱縠纹。秋芙时著薄棉，有寒色，余脱半臂拥之。夜半至庄，吠龙迎门，回望隔溪渔火，不减鹿门晚归时也。秋芙强余作纪游诗，遂与挑灯命笔，不觉至曙。

秋芙有停琴伫月小影，悬之寝室，日以沉水供之。将归，戏谓余曰：“夜窗孤寂，留以伴君，君当酬以瓣香。无扃置空房，令蛾眉有秋风团扇悲也。”

晓过妇家，窗栊犹闭，微闻仓琅一声，似鸾篦堕地，重帘之中，有人晓妆初就也。时初日在梁，影照窗户，盘盘腻云，光足鉴物，因忆微之诗云：“水晶帘底看梳头，”

古人当日已先我消受眼福。

关、蒋故中表亲，余未聘时，秋芙每来余家，绕床弄梅，两无嫌猜。丁亥元夕，秋芙来贺岁，见于堂前。秋芙衣葵绿衣，余著银红绣袍，肩随额齐，钗帽相傍。张情齐丈方居巢园，谓大人曰："俨然佳儿佳妇。"大人遂有丝萝之意。后数月，巢园鼠姑作花，大人招亲朋，置酒花下。秋芙随严君来。酒次，秋芙收筵上果脯，藏帊中。余夺之，秋芙曰："余将携归，不汝食也。"余戏解所系巾，曰："以此缚汝，看汝得归去否?"秋芙惊泣，乳妪携去始解。大人顾之而笑。因倩俞霞轩师为之蹇修，筵上聘定。自后数年，绝不相见。大人以关氏世有姻娅，岁时仍率余往趋谒，故关氏之庭，迹虽疏，未尝绝也。忆壬辰新岁，余往，入门见青衣小鬟，拥一粲姝上车而去。俄闻屏间笑声，乃知出者即为秋芙。又一年，圜桥试近，妻父集同人会文，意在察婿。置酒后堂，余列末座。闻湘帘之中，环玉相触，未知有秋芙在否。又一年，余行市间，忽车雷声中，帘幰疾卷，中有丽人，相注作熟视状。最后一车，似是妻母，意卷帘人即膝前娇女也。又一年，余举弟子员，大人命予晋谒。庭遇秋芙，戴貂茸，立蜜梅花下。俄闻银钩一声，无复鸿影。余自聘及迎，相去凡十五年，五经邂逅，及却扇筵前，翦灯相见，始知颊上双涡，非复旧时丰满矣。今去结褵又复十载，余与秋芙皆鬓有霜色，未知数年而后，更作何状？忽忽前尘，如梦如醉，质之秋芙，亦忆一二否？

秋芙谓："元九《长庆集》诗，如土饭尘羹，食者不知有味。惟《悼亡》三诗，字字泪痕，不堕浮艳之习。"余曰："未必不似宋考功于刘希夷事耳，不然，微之轻薄小人，安能为此刻骨语？"

余读《述异记》云："龙眠于渊，颔下之珠，为虞人所得，龙觉而死。"不胜叹息，秋芙从旁语曰："此龙之罪也。颔下有珠，则宜知宝；既不能宝而为人得，则嚱嘘云雨，与虞人相持江湖之间，珠可还也；而以身殉之，龙则逝矣，而使珠落人手，永无还日，龙岂爱珠者哉？"余默然良久，曰："不意秋芙亦能作议论，大奇。"

葛林园为招贤寺遗址，有水榭数楹，俯瞰竹石。榭下有池，短彴横架其上。池偏凌霄花一本，藤蔓蜿蜒，相传为唐宋时物，诗僧半颠及其师破林，驻锡于此数十年矣。

己酉初夏，积潦成灾，余所居草堂，已为泽国。半颠以书相招，遂与秋芙往借居焉。是时，城市可以行舟，所交宾朋，无不中隔。日与半颠谈禅，间以觞咏，悠悠忽忽，不知人间有岁月矣。闻岳坟卖馂馅馒首，日使赤脚婢数钱买之。瞰食既饱，分饲池鱼。秋芙起拊栏楯，误堕翠簪，水花数圈，杳不能迹，惟簪上所插素馨，漂浮波上而已。池偏为梁氏墓庐，庐西有门，久鞠茂草，庐居梁氏族子数人，出入每由寺中。梁有劣弟，贫乏不材。余居月馀，阋墙之声，未歇于耳。一日，余行池上，闻剥啄声。寺僧方散午斋，余为启扉。有毡笠布衣者，问梁某在否，余为指示。其人入梁氏庐，余亦闭门，半颠知之，因见梁，问来者云何，梁曰："无之。"相与遍索室中，不得。惟东偏小楼，扃闭甚固，破窗而入，其弟已缢死床上矣，乃知叩门者缢死鬼耳。自后鬼语啾啾，夜必达旦，梁以心恇迁去。余与秋芙虽恃《楞严》卫护之力，而阴霾逼人，究难长处。时水潦已退，旋亦移归草堂，嗣闻半颠飞锡南屏。余不过此寺又数年矣，未知近日楼中，尚复有人居住否？

枕上不寐，与秋芙论古今人才，至韩擒虎，余曰："擒虎生为上柱国，死不失为阎罗王，亦徼幸甚矣。”秋芙笑曰：“特张嫦娥诸人之冤，无可控告，奈何?”

大人晚年多病，余与秋芙结坛修玉皇忏仪四十九日。秋芙作骈俪疏文，辞义奥艳，惜稿无遗存，不可记忆。维时霜风正秋，瓶中黄菊，渐有佳色。夜深钟磬一鸣，万籁皆伏。沉烟笼罩中，恍觉上清宫阙，即现眼前，不知身在人世间也。

秋芙所种芭蕉，已叶大成阴，荫蔽帘幕，秋来雨风滴沥，枕上闻之，心与俱碎。一日，余戏题断句叶上云：“是谁多事种芭蕉，早也潇潇，晚也潇潇。”明日见叶上续书数行云：“是君心绪太无聊，种了芭蕉，又怨芭蕉。”字划柔媚，此秋芙戏笔也，然余于此，悟入正复不浅。

春夜扶鸾，瑶花仙史降坛，赋《双红豆》词云：

> 风丝丝，雨丝丝，谁使花粘蛛网丝？春光留一丝。
>
> 烟丝丝，柳丝丝，侬与红蚕同有丝。蚕丝侬鬓丝。

又《贺新凉》赠秋芙云：

久未城西过。料如今、夕阳楼畔，芭蕉新大。日日东风吹暮雨，闻道病愁无那。况几日妆台梳裹，纸薄衫儿寒易中，算相宜还是摊衾卧。切莫向，夜深坐。

西池已谢桃花朵，恁青鸾、天天来去，书儿无个。一卷《楞严》应读遍，能否情禅参破？问归计甚时才可？双凤归来星月下，好细斟元碧相称贺。须预报，玉楼我。

甲辰岁，仙史曾降笔草堂，指示金丹还返之道，故有“久未西城过”之语。

忆戊申秋日，寄秋芙七古一首，诗云：

乾萤冷贴屏风死，秋逼兰钮落花紫。
满床风雨不成眠，有人剪烛中宵起。
风雨秋凉玉簟知，镜台钗股最相思。
伤心独忆闺中妇，应是残灯拥髻时。
髻影飘萧同卧病，中间两接红鲂信。

病热曾云甘蔗良，心忪或藉浮瓜镇。

夜半传闻还织素，锦诗渐满回文数。

可怜玉臂岂禁寒，连波只悔从前错。

从前听雨芙蓉室，同衾忆汝初来日。

才见何郎卺合双，便疑司马心非一。

鸿庑牛衣感最深，春衣典后况无金。

六年费汝金钗力，买得萧郎薄幸心。

薄幸明知难自避，脱舆未免参人议。

或有珠期浦口还，何曾剑忍微时弃。

端赖鸳鸯壹内语，疏狂尚为鳏生恕。

无端乞我卖薪钱，明朝便决归宁去。

去日青荷初卷叶，罗衣曾记箱中叠。

一年容易到秋风，渡江又阻归来楫。

我似齐纨易弃捐，怀中冷暖仗人怜。

名争蜗角难言胜，命比蚕缗岂久坚。

莫为机丝曾有故，蛾眉何人能持护？

门前但看合欢花，也须各有归根树。

树犹如此我何堪，近信无由绮阁探。

拥到兰衾应忆我，半窗残梦雨声参。

雨声入夜生惆怅，两家红烛昏罗帐。

一例悲欢各自听，楚魂来去芭蕉上。

芭蕉叶大近前楹，枕上秋天不肯明。

明日谢家堂下过，入门预想绣鞋声。

此稿遗佚十年，枕上忽记及之，命笔重书，恍惚如梦。

晚来闻络纬声，觉胸中大有秋气。忽忆宋玉悲秋《九辩》，击枕而读。秋芙更衣阁中，良久不出。闻唤始来，眉间有愁色。余问其故，秋芙云："悲莫悲兮生别离，何可使我闻之?"余慰之曰："因缘离合，不可定论。余与子久皈觉王，誓无他趣。他日九莲台上，当不更结离恨缘，何作此无益之悲也?昔锻金师以一念之誓，结婚姻九十馀劫，况余与子乎?"秋芙唯唯，然颊上粉痕，已为泪花污湿矣。余亦不复卒读。

秋芙藏有书尺，为吴黟山所贻。尺长尺余，阔二寸许。相传乾隆壬子，泰山汉柏出火自焚，钱塘高迈庵拾其烬馀，以为书尺，刻铭于上，铭云："汉已往，柏有神。坚多节，含古春。劫灰未烬兮，芸编是亲。然藜比照兮，焦桐共珍。”

开户见月，霜天悄然，因忆去年今夕，与秋芙探梅巢居阁下，斜月暧空，远水渺弥，上下千里，一碧无际，相与登补梅亭，瀹茗夜谈，意兴弥逸。秋芙方戴梅花鬓翘，虬枝在檐，遽为攫去，余为摘枝上花补之。今亭且倾圮，花木荒落，惟姮娥有情，尚往来孤山林麓间耳。

秋芙好棋，而不甚精，每夕必强余手谈，或至达旦。余戏举竹垞词云：“簸钱斗草已都输，问持底今宵偿我?”秋芙故饰词云：“君以我不能胜耶？请以所佩玉虎为赌。”下数十子，棋局渐输，秋芙纵膝上猧儿搅乱棋势。余笑云：“子以玉奴自况欤?”秋芙嘿然，而银烛荧荧，已照见桃花上颊矣。自此更不复棋。

去年燕来较迟，帘外桃花，已零落殆半。夜深巢泥忽倾，堕雏于地。秋芙惧为猧儿所攫，急收取之，且为钉竹片于梁，以承其巢。今年燕子复来，故巢犹在，绕屋呢喃，殆犹忆去年护雏人耶?

同里沈湘涛夫人与秋芙友善，曾以所著诗词属为删校，中有句云："却喜近来归佛后，清才渐觉不如前。"因忆前见朱莲卿诗，有"却喜今年身稍健，相逢常得笑颜生"之句，两"喜"字用法不同，各极沉痛。莲卿近得消渴疾，两月未起，霜风在林，未知寒衣曾检点否？

斜月到窗，忽作无数个"人"字，知堂下修篁解箨矣。忆居槐眉庄，庄前种竹数弓。笋泥初出，秋芙命秀娟携鸦嘴锄，劚数筐，煮以盐菜，香味甘美，初不让廷秀《煮笋经》也。秀娟嫁数年，如林中绿衣人得锦绷儿矣。惟余老守谷中，鬓颜非故，此君有知，得无笑人？

虎跑泉上有木樨数株，偃伏石上，花时黄雪满阶，如游天香国中，足怡鼻观。余负花癖，与秋芙常煮茗其下。秋芙拗花簪鬓，额上发为树枝捎乱，余为蘸泉水掠之。临去折花数枝，插车背上，携入城阛，欲人知新秋消息也。近闻寺僧添植数本，金粟世界，定更为如来增色矣。秋风匪遥，早晚应有花信，花神有灵，亦忆去年看花人否？

宾梅宿予草堂，漏三下，闻邻人失火，急率仆从救之。及门，已扑灭矣。惟闻空中语云："今日非有力人居此，此境几为焦土。"言顷，有二道人与一比丘白天而下。道人戴藕华冠．衣蟠龙帜蠼之袍。其一玉貌长髯，所衣所冠皆黄金色。比丘踵道人之后，若木若讷。藕冠者曰：“吾名证若，居青城赤水之间，访蒋居士至此。”与长须道人拂尘而歌，歌长数千言，未暇悉记。惟记其末句云：“只回来巧递了云英密信，那裴航痴了心，何时得醒？若不早回头，累我飞昇。醒，醒，醒，明日阴晴难信。”歌竟而逝。趋视之，则星月在户，残灯不明，惟闻落叶数声，蘧然一梦觉也。既旦，告予，予曰：“余家断杀数十年。而修鸿宝之道六七载，至今黄螾飞腾，犹少返还之诀。岂仙师垂悯凡愚，现身说法欤？歌中曰云英云英者，岂以余闺房之缘，未解缠缚，而讽咏示警欤？”时予与秋芙修陀罗尼忏数月矣，所谓比丘者，岂观音化身，寻声自西竺来欤？

秋芙病，居母家六十馀日。臧获陪侍，多至疲惫。其昼夜不辍者，仅余与妻妹侣琼耳。余或告归，侣琼以身代予，事必手亲，故药炉病榻之间，予得赖以息肩。侣琼固情笃友于，然当此患难之时，而荼苦能甘，亦不自觉何以至是也。秋芙生负情癖，病中尤为缠缚。余归，必趣人召余，比至，仍无一语。侣琼问之，秋芙曰：“余命如悬丝，自分难续，仓猝恐无以与诀，彼来，余可撒手行耳。”余闻是言，始觉腹痛，继思秋芙念佛二十年，誓赴金台之迎，观此一念，恐异日轮堕人天，秋芙犹未能免。手中梧桐花，放下正自不易耳。

秋夜正长，与妻妹珮琪围棋，三战三北。自念平生此技未肯让人，珮琪年未及笄，所造如此，殆天授耶！珮琪性静默，有林下风，字与诗篇，靡不精晓，自言前身自上清宫来。观其神寒骨清，洵非世间烟火人也。今不与对局数年矣，布算之神，应更倍昔。他日谢家堂上，当效楚子反整师复战，期雪曩年城下之耻。

踏月夜归，秋芙方灯下呼卢。座中有人一掷得六么色，余戏为《卜算子》词云：

> 妆阁夜呼卢，钗影阑干背。六个骰儿六个窝，到底都成对。　　借问阿谁赢，莫是青溪妹？赚得回头一顾无，试报说金钗坠。

秋芙见而笑曰：“如此绮语，不虑方平鞭背耶？”

近作小词，有句云："不是绣衾孤，新来梦也无。"又《买陂塘》后半云：

> 中门掩，更念荀郎忧困，玉瓯莲子亲进。无端别了秦楼去，食性何人猜准。闲抚鬓，看半载相思，又及三春尽。前期未稳，怕再到兰房，剪灯私语，做梦也无分。

时宾梅以纨扇属书，因戏录之。宾梅见而笑曰："做梦何以无分?"秋芙笑云："想新来梦也无耳。"相与绝倒。

甲辰秋，同人招游月湖，夜深，为风露所欺。明日复集吴山笙鹤楼，中酒禁寒。归而病热几殆，赖乩示方药，始获再生。越一年，为丙午岁，疽发背间，旋复病疟。方届秋试，扶病登车，未及试院，而魂三逝矣。仆从舁归，匝月始安。己酉之夏，复病疮痢，俯枕三月，痛甚剥肤。六年之间，三堕病劫，秋芙每侍余疾，衣不解带。柔脆之质，岂禁劳瘁，故余三病，而秋芙亦三病也。余生有懒疾，自己酉奉讳以来，火死灰寒，无复出山之想。惟念亲亡未葬，弟长未婚，为生平未了事。然先人生圹久营，所需卜吉。增弟年二十矣，负郭数顷田，足可耕食。数年而后，当与秋芙结庐华坞河渚间，夕梵晨钟，忏除慧业。花开之日，当并见弥陀，听无生之法。即或再堕人天，亦愿世世永为夫妇。明日为如来涅槃日，当持此誓，证明佛前。